小說新賞

征戰十二載

薛仁貴征東

原著　清·佚名
編寫　陳佩萱

三民書局

主編的話

在經典故事中成長

我常常思索著，我是怎麼成了一個說故事的人？

有一段我已經忘卻的記憶，那是一個沒有什麼像樣娛樂的年代，大人們忙著養家活口或整理家務，大部分的孩子都是自己尋找樂趣，妹妹告訴我，她們是在我說的故事中度過童年的。我常一手牽著小妹，一手牽著大妹，走到家附近那廢棄的老宅前，老宅大而陰森，厚重而斑駁的木門前有一座石階，連接木門和石階的磚牆都已傾頹，只有那座石階安好，作為一個講臺恰到好處。妹妹席地而坐，我站上石階，像天方夜譚般開始一千零一夜的故事。

記憶中的小時候，我是個木訥寡言的人，所以當小妹說起這段過去時，我露出不可思議的神情，懷疑她說的是另一個人的事。雖然如此，我卻記得我是如何開始寫故事的。那是專三的暑假，對所有要上大學的人來說，這個暑假是很特別的假期，彷彿過了這個暑假就從青少年走入成年。放暑假的第一天，我從北部帶著紅樓夢返家，想說漫長的暑假適合讀平日零碎時間不能完整閱讀的大部頭。當我花了兩個星期沒日沒夜看完紅樓夢，還沒從寶黛沒有快樂結局的悲悽愛情氛圍中脫身，突然萌生說故事的衝動，便在酷暑時節，窩在通鋪式的臥房，以摺疊成山的棉被權充書桌，幾個下午就完成我的第一篇短篇小說、我說的第一個故事。寫完時全身汗水淋漓，用鉛筆寫的草稿也被手汗沾得處處字跡模糊，不過我不擔心，所有的文字都在我腦海中，無需辨認。之後我又花了幾天把草稿謄在稿紙上，投寄到台灣日報副刊，當那個訴說青春少女和遲暮老人忘年情誼的小說變成鉛字出現在報紙副刊，我知道我喜歡說故事、可以說故事，於是寫了一篇又一篇的小說，直到今天。

原來是經典小說帶領我走入說故事的行列，這段記憶我始終記

得，也很希望在童年時代還耐不下性子閱讀原典的孩子們，能和我一樣在經典故事中成長。

雖然市場上重新編寫經典小說的作品很多，但對我這個有兩個少年階段孩子的母親來說，卻總覺得找不到適合的版本，不是太簡單，就是太難，要不然就是刪節得不好，文字不夠精確等等，我們看到了這當中的成長空間，於是計畫進行一套經典小說的改寫版本。

首先我們先確定了方向，保留較多文學性，讓這套書適合大孩子閱讀；但也因為如此，讓我們在邀請撰稿者方面碰到不少困難。幸好有宇文正、石德華、許榮哲等作家朋友們願意加入，加上三民書局之前「世紀人物 100」的傳記書系列，也出現了不少有文采、有功力的寫作者，讓這套書可以順利進行。對於文字創作者來說，創意是珍貴的資產，但改寫工作就像化妝師，被要求照著一張照片化妝，不能一模一樣，又不能不一樣，一些作者告訴我，他們在撰寫這系列的書時，常常因為想寫的和原著不太一樣而卡住，三民書局的編輯也常常要幫著作者把寫作節奏拉回來，好幾本書稿都是初稿完成後，又大幅刪修，甚至全部重寫。辛苦的代價便是呈現在讀者面前的這套書——文字流暢、故事生動，既有原典的精華，又有作者的創意調拌，加上全彩印刷、配圖精美。這是我為我的孩子選擇的一套書，作為他們告別青春期的最佳禮物，希望能和天下的學子、家長們分享，也期待這套「大部頭的套書」，經過作家們巧妙的改寫、賦予新生命後，保留了經典的精神，又比文言白話交雜的原典更加容易親近，讓喜歡聽故事、讀故事的孩子，長大後也能說故事、寫故事，於是中國經典文學的精華就能這麼一代一代傳誦下去。

林黛嫚

作者的話

要拚才會贏！

「一時失志不用怨嘆，一時落魄不用膽寒……」

這是要拚才會贏的歌詞，也是筆者在寫薛仁貴從富家少爺到小工、從火頭軍到將軍的傳奇一生時，腦海裡不時響起的一首歌，因為這首歌歌詞的意境對照薛仁貴一生起起伏伏的遭遇，真是再貼切不過了。

當初，筆者從眾多中國古典文學書單中，除了挑中琵琶記來編寫外，另一本就是薛仁貴征東，因為寫完以愛情為主的琵琶記後，筆者想來點「武」的，雖然薛仁貴征東裡沒有武林高手過招的情節，但征戰方面的兵法鬥智，對愛看歷史小說、歷史劇的筆者來說，也是一種不錯的嘗試。

其實筆者會選這兩部作品來編寫還有一個主要的原因，就是它們都曾被改編成戲劇，是筆者孩提時期難忘的記憶。不過，孩提時一顆懵懂的心除了隨著高潮迭起的劇情時時揪緊外，還被其中一些不合理的情節弄得滿腦子問號，至今無解。如今有機會能將這些不合理的情節修改一番，筆者當然躍躍欲試囉！

筆者把握住這個難得的機會，在和編輯再三溝通討論後，終於將薛仁貴征東修改成筆者所想要的樣貌。現在，就讓筆者來好好介紹吧！

薛仁貴征東一書裡的主人翁薛仁貴原本是個富家子弟，由於他的父母年紀非常大才生了他這個寶貝兒子，所以對他非常疼愛，認為喜好武藝的他必定是天生將才、武曲星投胎轉世，對他期許很高。誰知父母雙亡後，精通十八般武藝的薛仁貴，卻因沒有理家的才能而敗光萬貫家產，成了人人唾棄的敗家子。「草莓族」的他，求助無門，又不知如何養活自己，最後竟然選擇輕生。幸虧王茂生

經過救了他，並教導他如何自力更生，才讓他走出一條康莊大道。

　　從富家少爺變成小工，以世俗的眼光來看，是件相當丟臉的事，但對終於能自食其力的薛仁貴來說，卻是件相當了不得的大事。樂天知足的他，不以為苦的勤奮工作，最後終於獲得同伴們的認同，讓他稍微恢復自信。

　　在一連串的誤會和巧合下，薛仁貴這個窮漢有幸和千金小姐柳銀環結成夫妻。終於有了家人讓曾經孑然一身的他，更懂得知福惜福。

　　為了出人頭地，薛仁貴在朋友的建議、妻子的鼓勵下，應募投軍，沒想到才藝出眾的他，卻因遭忌而被埋沒在火頭軍中。他雖然遭遇種種挫折，卻不灰心喪志，持續努力充實自己，把握機會表現自己的才能，因而在許多戰役中屢建奇功；可惜他所有的功勞，都被奸臣張士貴、何宗憲冒領去了。面對不平，他曾經氣憤、曾經難過，不過等平心靜氣後，他卻能不屈不撓，繼續英勇立功。最後終於真相大白，張士貴、何宗憲被治罪，他被封為平遼王，衣錦榮歸，和妻兒團聚。

　　筆者希望藉由薛仁貴征東一書，讓小朋友們領悟到「靠山山倒，靠人人跑，靠自己最好」的道理。因為爸媽雖然疼愛你，卻不可能陪伴你一輩子，所以小朋友們要認真學習謀生的能力，才不會像書中的薛仁貴，雖然人高馬大、才德兼備，卻不知如何謀生，更不懂得面對挫折，差點逼得自己走上絕路。

　　另外，筆者也希望藉由薛仁貴征東一書，讓小朋友們學會感謝生命中的貴人。生命中的貴人有兩種，一種是像周青、王茂生夫婦這樣的人，給予當事人正面的力量，讓當事人有再次站起來的力

量；一種是像張士貴、何宗憲、薛雄這樣的人，讓當事人越挫越勇，學會能屈能伸的精神，因為「福兮，禍倚兮；禍兮，福倚兮」，有時對手的刻意刁難，反而成了自己的最大助力。小朋友們想想看，誰是你生命中的貴人？你喜歡哪一種貴人呢？無論你喜歡哪一種貴人，面對他們時，別忘了感謝他們讓你的生命更豐富、更多采多姿。但是，也請你別忘了讓自己成為別人生命中的貴人——只是，你想當哪一種貴人呢？

最後，筆者更希望藉由薛仁貴征東一書，讓小朋友們學會珍惜家人。失去雙親的薛仁貴，差點失去活下去的力量；有了妻子的默默支持，重傷的薛仁貴才能從渾沌中醒來，繼續奮發向上。因此，小朋友們一定要多多珍惜和家人共處的珍貴時光，不要等到失去了才懊悔不已。

總而言之，筆者希望各位小朋友看完這本薛仁貴征東後，能有所啟發、有所收穫，在自己的人生道路上繼續努力奮鬥，揮灑出屬於自己的美麗色彩，就算受到挫折，也不要灰心喪志，因為「三分天註定，七分靠打拚，要拚才會贏！」

加油！

薛仁貴征東

目次

導　　讀

第一章　將星降世薛家村　002

第二章　富家少爺變小工　009

第三章　小姐贈衣惹風波　019

第四章　窮漢有幸配佳人　031

第五章　白袍小將在龍門　042

第六章　龍顏震怒欲征東　050

第七章　為展鴻志去投軍　059

第 八 章　一身白袍惹是非　069

第 九 章　打虎英雄火頭軍　078

第 十 章　擺龍門陣費思量　088

第十一章　替人作嫁累經驗　099

第十二章　瞞天過海到東遼　109

第十三章　旗開得勝屢建功　117

第十四章　初嘗敗績意志沉　124

第十五章　重整心情再出發　134

第十六章　驕矜自大蓋蘇文　*144*

第十七章　應夢賢臣來解圍　*151*

第十八章　兩軍交戰屢遇險　*161*

第十九章　真相大白除奸臣　*171*

第二十章　衣錦還鄉慶團圓　*181*

導讀

能屈能伸的大丈夫

小朋友，你有沒有經歷過碰到困難，卻茫然、無助不知該怎麼辦的時候？

有沒有經歷過竭盡心力、認真努力完成一件事，功勞卻不是你的而覺得委屈？

有沒有經歷過原本很有把握獲勝的比賽，卻因一時大意落敗而懊悔不已？

日漸長大的你有沒有想過，萬一有一天離開父母呵護的羽翼，你是否有自力更生的本事？

以上種種狀況，本書的主人翁薛仁貴都曾遇過、經歷過，因此，無論你是否曾經想過或經歷過，都非常適合翻閱這本薛仁貴征東，因為你絕對可以從薛仁貴富於傳奇色彩的一生中，得到一些啟示。

其實歷史上真的有薛仁貴這個人，他是唐朝著名的將軍，名薛禮，字仁貴，生於絳州龍門（今山西河津），主要事跡在唐太宗、高宗時期。薛仁貴的妻子姓柳，見於史傳和地方史志，但未記名字，因此一些作品或民間傳聞有柳金花、柳銀環、柳英環或柳迎春等姓名出現，唯一較能確定的是，她可能是河東柳氏出身。

史冊上對薛仁貴的記載並不多，只知道他本領高、擅長騎射，唐太宗時應募從軍，因功升為右領軍中郎將，後又率軍戰勝突厥於天山，軍中有「將軍三箭定天山」之歌。唐高宗乾封年間東征後，封平陽郡公。

咸亨元年（西元 670 年），征戰吐蕃大敗，改為右領軍衛將軍、代州都督等職，於弘道元年（西元 683 年）卒。

　　薛仁貴的一生富有傳奇色彩，是說書人、戲劇作者和小說作者的最愛，因此在民間廣為流傳，如：元朝戲劇家張國賓所寫的雜劇薛仁貴衣錦還鄉、佚名的話本薛仁貴征遼事略，和清朝無名氏所寫的通俗小說薛仁貴征東（原名說唐後傳）等。不過，這些作品雖然內容豐富、劇情曲折離奇，卻和史冊上的記載有些出入，這是由於為了吸引讀者或觀眾，說書人在說書時、戲劇作者和小說作者在寫作時，難免都會加油添醋，使劇情高潮迭起，久而久之，他們所敘說的故事便與史冊上所記載的不大相同。

　　在這些作品中，以清朝無名氏所著的薛仁貴征東流傳最廣。它的內容大致以薛仁貴的生平為經，以征東的事跡為緯，敘述薛仁貴原本是一個富家子，備受寵愛的他在父母雙亡後沒有能力理家，敗光家產，成了人人唾棄的敗家子，而後在機運和努力下終於功成返鄉的故事。

　　由於清朝無名氏所著的薛仁貴征東與其他作品相較，顯得劇情較緊湊、內容較豐富，所以目前坊間數家出版社所出版的薛仁貴征東，都是依據此書來改寫的。筆者當初在寫薛仁貴征東時，也曾經想只以此書為本進行編寫，但在看過此書和坊間所出版的薛仁貴征東後便改變主意，其原因且聽筆者慢慢道來。

　　在中國古典文學裡，有許多作品不亞於西洋文學，甚至於比西洋文學的詞句更優美、內容更豐富、寓意更深遠，只是小朋友們較少接觸，所以未能窺探其美。因此筆者想以薛仁貴征東當引導者，引導小朋友們走進中國古典文學的殿堂，欣賞中國古典文學之美。

但是筆者發現這座中國古典文學的 「殿堂」 建立的年代已久遠，難免有些情節誇大失當、有些思想不合乎現在的價值觀，如果筆者只是一味忠於原著，將文言文改寫成白話文，再用一堆優美的辭彙來裝修粉飾，小朋友們難免會越看越無趣、越看越迷惑，如果因此失去了繼續探究中國古典文學的意願，那筆者的罪過就大了。更何況忠於原著情節架構的編寫方式，坊間已經出版了好幾本，筆者若再以此方式來進行編寫，所完成的作品難有新意，那也沒有出版的意義了。 為了避免這種事情發生 ， 筆者再三和編輯們溝通討論，終於完成了我所想要呈現給小朋友們的薛仁貴征東。

　　如果小朋友們在看本書前，曾經看過其他版本的薛仁貴征東，會發現筆者所編寫的薛仁貴征東和其他版本有相當多的不同，其中大部分的情節架構雖然參照了清朝無名氏所著的薛仁貴征東，卻有不少內容是參考元朝佚名的薛仁貴征遼事略、網路上蒐集到的參考資料以及筆者想要表達的想法來加以修改的。現在，筆者就將所編寫的薛仁貴征東和其他版本的不同點，分述如下：

一、神怪方面的情節加以改編或刪除

　　清朝無名氏所寫的薛仁貴征東有許多神怪方面的情節，如從小就「啞」的薛仁貴遭白虎星附身，一開口就剋死爹娘；又如行軍途中，薛仁貴由地洞入仙界，九天玄女贈他白虎鞭、震天弓、穿雲箭、水火袍、無字天書五件寶物，是他日後解決困難、征戰獲勝的主要關鍵，因為無字天書告訴他如何擺「龍門陣」、如何寫「平遼論」、如何使「瞞天過海」之計，水火袍助他脫困天仙谷，白虎鞭、震天弓、穿雲箭更是幫助他在一次次的戰役中殺番將、克敵軍，立下奇功。

　　筆者原本想保留這些

情節，將本書編寫成具有奇幻色彩的小說，但心裡卻不禁湧現許多疑問：

如果薛仁貴所有的戰功，都是靠神仙所送的寶物立下的，那他本身有什麼本事可以令小朋友們敬佩和學習？

薛仁貴一有難，神仙就會現身相助，那麼為何他的功勞屢遭張士貴、何宗憲冒領，神仙卻不幫他伸冤呢？而面對功勞遭人冒領，薛仁貴除了痛哭、抱怨外，就束手無策，這樣的處事態度如何值得小朋友們讚賞呢？既然有神仙相助，為何征遼之戰還需要打十二年呢？

這些問題筆者想破頭也想不出合理的答案，加上染上神怪色彩的薛仁貴，在筆者看來是個幼稚、沒擔當、只會怨天尤人的莽夫，跟筆者所要呈現的頂天立地、堅忍不拔的「男子漢」形象差距甚大，幾經思量後，筆者便將清朝無名氏所寫的神怪方面的情節加以改編或刪除。

二、部分人物的姓名加以更改或刪除

小朋友們若看過其他版本的薛仁貴征東，會發現筆者所編寫的薛仁貴征東裡有許多人物的姓名與其他版本不一樣。筆者將原因略述如下：

1. 征遼大元帥

清朝無名氏所寫的薛仁貴征東裡是尉遲恭，元朝佚名所寫的薛仁貴征遼事略裡是李世勣，筆者比較兩者在書中的表現，覺得前者有勇無謀，後者較有沙場老將的智慧，因此決定讓李世勣榮登筆者這本薛仁貴征東中征遼大元帥一職。

2.善觀星象的軍師

　　清朝無名氏所寫的薛仁貴征東裡是徐
茂公，元朝佚名所寫的薛仁貴征遼事略裡是
袁天剛，筆者原本想參照前者，讓徐茂公擔
任軍師，後經博學多聞的編輯告知徐茂公就是
李世勣，因為李世勣原名徐世勣，字懋功，又
稱茂公，唐高祖賜姓李，後封英國公。既然筆者
已經讓李世勣擔任征遼大元帥，就不再讓他兼任
軍師了。因此，便由較具星象專長的袁天剛取代徐茂公，成為筆者
這本薛仁貴征東中的軍師。

3.薛仁貴的妻子

　　清朝無名氏所寫的薛仁貴征東裡是柳金花，元朝佚名所寫的薛
仁貴征遼事略裡是柳氏，筆者在其他版本中還看過柳銀環、柳英環
或柳迎春等名字，因筆者對「柳銀環」這個名字比較有感覺，所以
決定用此名。

4.伯濟國的使臣

　　清朝無名氏所寫的薛仁貴征東裡是「不齊國的王彪」，元朝佚
名所寫的薛仁貴征遼事略裡是「伯濟國的昌黑飛」，筆者覺得「不
齊國」之名有些怪異、「王彪」又太中國化，因而決定用「伯濟國
的昌黑飛」。

　　由以上的例子可知，光是為了書中人物姓名，筆者都需再三斟
酌考量，甚至詢問編輯的意見；另外，筆者在編寫這本薛仁貴征東
時，特別將一些番將和火頭軍成員的姓名刪除掉，因為筆者希望小
朋友們在閱讀本書時，不會被書中眾多無意義的姓名干擾了閱讀的
順暢。

三、刪除不必要的戰役

清朝無名氏所寫的薛仁貴征東共四十二回，裡頭大大小小的戰役相當多，無謂犧牲的人更是不計其數，筆者為了讓本書劇情緊湊、主題明確，決定將一些無法突顯主要人物個性和不會影響到後面劇情發展的戰役刪除或幾句話帶過，以免枯燥無謂的戰役太多、殺戮氣息太重，壞了讀者閱讀本書的樂趣。

四、將不合理的情節加以改編或刪除

　　清朝無名氏所寫的薛仁貴征東雖然內容豐富，劇情曲折離奇，但其中有許多情節過於利益考量或是不合常理，讓筆者相當不喜歡。如「仁貴從小並不開口說話，爹娘疑是啞子，甚不歡喜」，讓人覺得親情淡薄。又如救了薛仁貴一命並和他結拜為義兄弟的王茂生，是因妻子說薛仁貴的面相顯示日後必會大富大貴，才主動與他結拜的，這種以「利益」為考量的友情，筆者覺得不要也罷。其他還有柳員外懷疑女兒和薛仁貴有私情，非逼死女兒不可，令人詫異；征戰多年才返鄉的薛仁貴，未能體諒妻子苦守寒窯十二年的辛勞，還要易裝試探妻子是否忠貞，真是令人氣憤；薛仁貴是在二十歲左右時離開，征戰十二年回鄉才三十多歲，模樣應該變化不大，頂多因征戰變得成熟，最親密的妻子竟然認不出他，那真是太扯了

……對於這些不合情理的情節，筆者都加以改編或刪除，以免讀者看完後心中有一堆問號。

　　筆者費盡心思來編寫這本薛仁貴征東，也只是期盼藉由文字的細膩描述、情節的鋪陳，讓讀者們能了解書中人物的心路歷程，並在看完本書後，除了能學習薛仁貴堅忍不拔、能屈能伸的

精神外，還能領略<u>中國</u>古典文學的美，體會先人在生活中所累積的智慧，進而喜歡沉浸在中國古典文學的殿堂裡。

筆者是否達成了這樣的目標，還請小朋友們能撥空寫信告知囉！

寫書的人

陳佩萱

住在風光明媚、空氣新鮮又多雨的<u>宜蘭</u>，畢業於<u>臺東大學兒童文學研究所</u>。曾獲柔蘭兒童文學獎、兩屆<u>文建會</u>兒歌一百、三屆<u>臺灣省</u>兒童文學獎及其他大大小小獎項。

雖然是國小教師，卻跟大部分的小朋友一樣喜歡吃喝玩樂，跟少部分的小朋友一樣喜歡看書寫作，跟更少部分的小朋友一樣喜歡得獎，收集各式各樣漂亮的獎狀讓自己快樂。著作有<u>天文巨星：張衡</u>、<u>鐵路巨擘：詹天佑</u>、<u>本草藥王：李時珍</u>、<u>醜狼杜美力</u>、<u>胖鶴丹丹出奇招</u>、<u>誰是模範生？</u>、<u>愛的密碼</u>等。

薛仁貴征東

第一章　將星降世薛家村

在唐朝山西絳州府龍門縣，有一個地方叫薛家村。村裡有一個富翁，名叫薛恆，他有兩個兒子，老大叫薛雄，老二叫薛英。

薛恆在三十歲時不幸過世，留下萬貫家產。後來兩個兒子分了家，從此各自過日子。

分得許多家產的薛英，生活過得相當富裕。他人慈心善，將上千畝好田用很低的價錢租給佃農，因而深獲村民們敬重。不過，他的日子雖然過得舒心愜意，卻有一個很大的遺憾，就是和妻子潘氏都已年過半百了，卻仍未有子嗣。

一天夜裡，薛府傳出了潘氏的尖叫聲。

「啊——」

尖叫聲劃破了漆黑如墨的夜，劃破了薛府的寧靜，當然也驚醒枕邊人。

薛英搖醒了身邊尖叫的妻子，問：「半夜三更的，妳叫什麼呀？」

剛被搖醒的潘氏不好意思的說：「我做了一個夢，夢見天上一顆炫目耀眼的星星撞進我懷裡，嚇了我一大跳，所以才會大叫……」

「只不過是夢見一顆星星撞進懷裡，妳就叫那麼大聲；要是給妳夢見滿天星斗衝進懷裡，妳豈不是要把我們家的屋頂給掀了？」

「你要知道，能得到遠在天邊的星星，就算只有一顆，也是件很不容易的事。何況，說不定這夢是個好兆頭。」潘氏不服氣的說。

「什麼好兆頭？」

「嗯……也許是天上的文曲星呀，還是武曲星什麼的，投胎到我們薛家咧！」潘氏異想天開的說。

薛英聽了，忍不住開玩笑：「哇！老伴呀，我跟妳成親了大半輩子，竟然不知道妳天賦異稟，晚上睡覺還能作『白日夢』！」

「我這是『日有所思，夜有所夢』，你懂不懂啊？搞不好最後我能得到老天憐憫，讓我美夢成真。」

務實的薛英，潑了

3

潘氏一大盆冷水：「別胡思亂想了。睡吧！」

　　誰知，做了這個夢沒多久，五十三歲的潘氏發現自己竟然真的懷孕了。十個月後她生下了一個兒子，得意得不得了，薛英更是笑得合不攏嘴，夫妻倆幫孩子取名為薛仁貴。因為是老來得子，所以他們非常疼愛這個孩子。

　　日子一天天過去，活潑可愛的薛仁貴，已經長成十五歲高大俊朗的少年。生性好動的他對拳腳功夫很有興趣，所以寵愛兒子的薛英，四處聘請傑出的武師來教授薛仁貴打拳劈掌、耍槍弄劍、騎馬射箭等十八般武藝。

　　潘氏看著兒子招式舞得虎虎生風、架式十足，得意的說：「老伴，我確定了。我們兒子是武曲星轉世，不是文曲星，以後是要考武狀元，當威風凜凜的大將軍的。」

　　「是是是，妳是神算子，妳說的話都很準。」附和老婆的話後，薛英望著兒子，

面色變得有些凝重。

「不過，老伴啊，既然妳說得那麼準，也幫我們寶貝兒子算算看，看他哪時候會開口說話。他老是不說話，總不能日後考上武狀元後，卻當個『啞巴將軍』吧！」

原來，從小到大，<u>薛仁貴</u>學什麼都快，就是不會說話，讓<u>薛英</u>夫婦非常擔心，深怕他會吃「啞巴」虧。

護子心切的<u>潘</u>氏，就算心裡急，表面卻裝作不在意。她自信滿滿的說：「該說話的時候他就會說！而且，就算他日後當個『啞巴將軍』，也是非常厲害的將軍！」

俗話說「痲痢頭的兒子都還是自家的好」，就算自家兒子長了痲痢頭也強過別人家的，更何況寶貝兒子人俊才高，<u>潘</u>氏當然力挺兒子到底。

一天午後，<u>薛仁貴</u>房裡竟然傳出「救命啊」的叫喊聲。<u>薛英</u>夫婦大驚失色，馬上領著一大群傭人、拿著棍棒火速趕去，深怕<u>薛仁貴</u>有任何閃失。沒想到一到房裡，卻只看到<u>薛仁貴</u>一個人躺在床上。

<u>潘</u>氏關心的問：「兒子啊，究竟發生什麼事了？」

剛從夢中驚醒的<u>薛仁貴</u>不好意思的說：「我夢見有隻大老虎揭開蚊帳，向我撲來，嚇得我大喊救命……」

「這只是夢而已，不用怕！」潘氏安撫著薛仁貴。

薛英忽然想到一件事，問：「咦？兒子啊，你會說話了？」

薛仁貴愣了一下，開心的說：「對，我會說話了！」

「我就說嘛，兒子該說話的時候就會說。你看，我說得沒錯吧！」這下潘氏更加得意了。

「是是是，妳是神算子，妳說的話都很準。」薛英笑得嘴巴都快要裂開了。

僕人們也不停的祝賀：「少爺會說話了！老爺，夫人，恭喜恭喜！」

薛英夫婦樂開懷，薛府上下也因薛仁貴開口說話而歡天喜地、興高采烈。

可惜好景不常，近七十高齡的薛英夫婦陸續辭世，留下薛仁貴孤苦伶仃一個人。

薛仁貴不知如何排解心中的悲慟，只好日日夜夜更加勤奮的打拳練功，想藉此忘記失去雙親的傷痛。可是，已經是一家之主的他，有許多責任要擔，有許多事要拿主意，可不是說不管就能不管的。因此，每當他想專心打拳練功時，總是被一堆雜事給煩得不得了。

「少爺，今年收成不好，佃農繳不出租金，怎麼辦？」

「少爺，本來快談好的生意被別家商鋪搶走了，怎麼辦？」

「少爺，今年的收支不平衡，府裡銀兩短缺，要怎麼辦？」

管家甚至連「僕人吵架」、「房間屋頂漏水要找誰修」這種芝麻綠豆大的小事也要他拿主意。但，薛仁貴沒當家作主過，根本不知道該怎麼做才好。

爹娘的溺愛，讓他從小到大就只學過拳腳功夫，沒學過如何理家，因此很多事不是隨便拿主意，就是胡亂下決定，再加上有人看他老實，惡意拐騙，沒幾年，他就把爹娘留給他的龐大家產給敗個精光，最後甚至連住的房子都沒了。

因此，村裡的人一提到他，就搖頭嘆息：「唉！那薛仁貴根本只是個沒用的敗家子罷了，還什麼天生將才、武曲星轉世咧！」

第二章 富家少爺變小工

薛仁貴沒錢也沒地方住，好不容易在丁山山腳下找到一個廢棄的燒磚破窯，作為暫時棲身的地方。

住的問題勉強算是解決，可是吃飯的問題可就讓他傷透腦筋了，因為長年習武的他，每餐的飯量是平常人的好幾倍，就算整桶飯給他吃，他都還吃不飽呢！以往家裡有錢，他要吃多少都沒問題；如今他既沒錢買米，又不知道該如何掙錢，愁得不知往後的日子該怎麼過。

連續三天沒有進食，愁到發呆的薛仁貴，被肚子「咕嚕咕嚕」的巨大聲響給喚回了神智。抱著肚子，他覺得好餓啊！

想了半天，薛仁貴決定做他最喜歡的事──打拳練功。

原本他想藉著打拳好忘記肚子餓這件事，但打著打著，肚子卻叫得更凶，他越打越虛弱，只好停止動作，免得餓到前胸貼後背。

忽然，<u>薛仁貴</u>想起他還有個家財萬貫的伯父<u>薛雄</u>，馬上精神一振、眼睛一亮的說：「對了，伯父那麼有錢，我去投靠他就好了啊！那我就不愁沒飯吃了。」

<u>薛仁貴</u>興沖沖的趕去伯父家，沒想到卻被大門口的門房給攔在門外。

「哪兒來的臭乞丐，竟然敢冒充我們家老爺的親戚！」門房怒聲喝斥。

<u>薛仁貴</u>理直氣壯的說：「我不是冒充的，我真的是<u>薛</u>老爺的親姪兒！不信，你進去問問你們家老爺就知道了。」

「問我們家老爺？我可不想被罵。去、去、去，滾一邊去，別在這兒礙眼。」

<u>薛仁貴</u>見門房不願幫他通報，便強行闖入。他雖然餓得手腳發軟，但一想到見到伯父便有飯可吃，馬上變得力大如牛，十幾個僕人也攔不住他。

「怎麼吵吵鬧鬧的！發生什麼事？」一個威嚴十足的聲音響起，令眾人立刻安靜下來。

「老爺，他……」

門房才剛開口，就被<u>薛仁貴</u>打斷：「伯父，我想要見您，這些人卻攔著我，不讓我進來。」

<u>薛雄</u>銳利冰冷的目光，瞥了一身破衣、骯髒落魄

的薛仁貴一眼，接著抬著下巴，語氣冷淡的譏諷著：「我以為誰這麼大膽，竟敢上我薛府鬧事，原來是仁貴你啊！說吧，你來找我有什麼事？」

看見伯父一副高高在上的態度，薛仁貴的心馬上涼了一半，原本想投靠的話根本說不出口。但為了餓扁的肚子，他只好硬著頭皮開口：「姪兒家中沒有米糧，已經好幾天沒飯吃了，因此來向伯父借些米……」

「哼哼哼！仁貴啊，你在說笑吧！你雙親留給你一大筆遺產，足夠讓你一輩子都吃穿不盡，怎麼會來跟我這七十多歲，已是風中殘燭的老人要飯吃啊？」

「對呀！對呀！哪有年輕人來向老人家要飯的！」僕人們譏笑著。

「我……我……我……」薛仁貴窘得滿臉通紅，結巴了半天，一句話也說不出來。

「仁貴啊，我府裡糧食有限，沒有多的可提供給沒用的人。啊——我不是說你，你可別想太多啊！說到你啊，年輕力壯、才華洋溢、十八般武藝樣樣精通，日後一定會封侯拜將的，到時可別忘了要多多關照我

這垂垂老矣的伯父啊！我想你應該還有很多事要忙吧？我就不留你了。」說到這兒，<u>薛雄</u>臉色突然一沉，對著僕人們下令：「送客！」

在面露輕蔑的僕人們推擠下，<u>薛仁貴</u>被轟至門外，然後<u>薛</u>府大門當著他的面，「砰」的一聲，立刻關上。

望著緊閉的大門，<u>薛仁貴</u>原本想再敲門向伯父求助，但手才舉起，便沮喪的放下，因為伯父說的話，句句都有理，他根本無法辯駁。況且，伯父的態度已經很明確，他就算再怎麼上門哀求，也只是自討羞辱，不如回去。

<u>薛仁貴</u>走在路上，寒風陣陣，轉頭一看，路旁已有幾處積雪，這時他才發現已經入冬了。他想到自己孤單一個人，茫茫的前程如同覆地白雪般空白，身寒心更寒，因此更加發愁。

他原本是個養尊處優、不知人間疾苦的富家少爺，卻因自己無能而落得這樣的下場。無助的他委靡喪志、萬念俱灰，心想：「不如隨爹娘去吧，全家還能在地府團圓。」

當他打定主意後，便找了一棵結實的大樹，解下腰帶拴在樹上，準備上吊。

這時，剛好有個挑扁擔做小生意的<u>王茂生</u>經過，

瞧見薛仁貴的舉動，嚇了一大跳，趕緊上前制止：「小夥子，別想不開啊！」

「你別攔我！我是個沒用的人，你讓我死了吧！」

「胡說！你看起來年輕力壯、一表人才的，怎麼會是沒用的人？」王茂生一邊大聲斥責，一邊把薛仁貴拉離那棵大樹。

聽了這話，薛仁貴悲從中來，因為自從爹娘過世後，他所碰到的人，不是拐騙他的財物，就是譏笑他無能，從沒有人真心的關懷過他，而王茂生雖然是斥責的口吻，但言語中卻帶著真摯的關懷，讓他心裡感受到一絲溫暖，不由得放聲大哭。

在王茂生的勸慰下，薛仁貴斷斷續續的向他哭訴失去親人的痛苦、無助和委屈。王茂生這才知道他就是臭名遠播的敗家子薛仁貴。

聽完薛仁貴的心聲後，王茂生勸導他：「男子漢大丈夫，遇到問題應該想辦法解決，而不是遭遇挫折就灰心喪志，更不能因一時的窮苦潦倒就尋死。若是這樣，你怎麼對得起生你、養你、疼你的爹娘呢？」

「我也知道這樣不好，可是，我真的不知道該如何度過困境啊！」

這時，薛仁貴的肚子突然「咕嚕咕嚕」的大叫起

來，窘得他面紅耳赤，羞得他無地自容。

　　王茂生聽了，只是淡淡的說：「你餓了吧，不如先到我家吃飯，解決了你肚子餓的問題之後，我們再來商議如何度過你的困境。」

　　王茂生知道薛仁貴向來有大胃王的稱號，因此一回到家，立刻囑咐妻子毛氏再去煮一桶飯。薛仁貴在王茂生的招呼下，才一會兒工夫，便將桌上的飯菜全都吃光，連後來再煮的那桶飯也見底了，令王茂生夫婦瞠目結舌。

　　「對、對不起，我把飯都吃光了。」薛仁貴漲紅了臉。

　　「沒關係，家裡還有米，我馬上再去煮。」毛氏微笑著。

　　薛仁貴想吃又不好意思，攔住她說：「嫂子，不、

不用麻煩了！」

「不麻煩。你先坐一下，飯一會兒就好。」毛氏說完，便拿著飯桶往廚房走去。

薛仁貴才剛尷尬坐下，王茂生便開口：「薛兄弟，實話跟你說，雖然我有心要幫忙你，但你食量這麼大，而我只是做小生意而已，實在供應不起……」

薛仁貴聽了面有愧色，起身說：「王兄，不好意思，小弟馬上走，絕不拖累你們……」

「我話還沒說完，你急什麼？坐下吧！」

等薛仁貴再次坐下後，王茂生才接著說：「我的意思是說，我供應不起你，但你已經是個大男人了，可以養活自己啊！」

「王兄，你說笑了，我是個沒用的人，早已走投無路，連爹娘留下的家產都守不住，哪有本事養活自己？」

「薛兄弟，你別妄自菲薄，天生我才必有用，更何況你年輕力壯，怎麼可能養不活自己呢？你精通十

八般武藝，若是參加武舉考試，武狀元非你莫屬；可惜現在離武舉考試還有很久……不如你先找個粗重的工作來做，賺點錢度過現在的困境吧！」

薛仁貴當然希望能自食其力，但——

「我能做什麼工作呢？」他對自己早已喪失信心。

「聽說你的力氣很大，搬運工應該很適合你，不過就是委屈了點。」

「好啊！好啊！」雖然富家少爺淪為搬運小工是有點沒出息，但他覺得能憑自己的本事養活自己，就是件了不起的事。

幾天後，王茂生打聽到三十里外柳家莊的柳員外買了一塊地要蓋房子，需要雇用不少搬運工，於是引薦薛仁貴到柳家幹活。

薛仁貴向王茂生夫婦辭行時，感恩的說：「王兄，你不但救我一命，還像兄長一樣時時開導我，甚至還幫我找到工作，讓我能自食其力，你的恩情我會時時感念在心，希望日後能有機會報答你……」

王茂生揮揮手說：「好說、好說。」他不覺得自己幫了薛仁貴多大的忙。

「王兄，不知我能否有這個榮幸，可以跟你結拜當兄弟？」

「好啊！」王茂生一口答應。經過幾天的相處，他曉得薛仁貴不是大家口中的「敗家子」，只是憨厚老實了些，也漸漸把薛仁貴當成自己的弟弟了。

　　於是，在毛氏的見證下，薛仁貴和王茂生結拜成為兄弟。

　　薛仁貴緊緊握著王茂生的手，高興的大喊：「我有親人了！我不再是孤單一個人了！」

薛仁貴征東

第三章　小姐贈衣惹風波

　　薛仁貴到柳家莊上工的時候，剛好是中午吃飯時間，工頭便讓他和大夥兒一起用餐。

　　沒想到眾人半碗飯還沒吃完，薛仁貴已經吃了十多碗，大家被他驚人的食量嚇得目瞪口呆，工頭更是心痛萬分，深怕工程賺的錢都被他吃光光，心裡盤算：「還是早日找個藉口把他辭了吧！」

　　飯後，工頭派薛仁貴和大夥兒一起到河邊，搬運用來做梁柱的大木頭。

　　薛仁貴見二十多個工人一起費力的拉著一根大木頭前進，心裡覺得很奇怪，問：「有那麼重嗎？一根木頭一個人扛就好，這麼多人不會礙手礙腳的嗎？」

　　薛仁貴無心的言語，卻引起眾人氣憤不已，紛紛挖苦他：「沒想到你這個人不但是個『大飯桶』，還是個愛說大話的瘋子！」

　　「就是啊！你有本事，就一個人扛一根木頭給我們看！」

「快扛給我們看啊！」

薛仁貴吃飽了，所以心情好得不得了，面對眾人的挖苦和挑釁，不但不生氣，還笑嘻嘻的一口答應：「好啊！」

然後他兩臂各夾起一根大木頭，大步走回工地。

大夥兒被他驚人的力氣嚇得眼睛都快凸出來，只有工頭開心得拍手叫好。

從此以後，扛木頭、搬磚塊等一切粗重的工作，都落在薛仁貴身上，但他一點都不覺得苦，反而樂在其中，因為他能養活自己，覺得自己是個有用的人。

日子一天天過去，轉眼除夕就快到了，大夥兒都要休工回家過年，柳員外怕珍貴的建築材料被偷，便要工頭留下一個工人看守，三餐他會叫廚房負責。

工頭回到工地詢問眾人：「誰願意過年期間留下來看守這些建材？」

「我願意！」薛仁貴搶著擔下這個差事。他覺得與其回去住破窯，還不如留在這裡住草棚，更何況還有人負責他的三餐呢！

因此，過年時大夥兒都回家了，只留下薛仁貴一個人。

柳家莊上上下下早就對薛仁貴這個「大飯桶」耳

薛仁貴征東

熟能詳，連大小姐柳銀環和少奶奶都曾藉故到工地，偷瞧這傳說中的怪人長得是啥模樣。

薛仁貴為人隨和，當他到廚房和傭人們一起吃飯時，人家請他幫忙做些粗重的工作，他也從不推辭。於是，他晚上睡在草棚看守建材，白天就幫忙挑水、劈柴、除雪、掃豬圈，日子過得忙碌又充實。

一天夜裡風雪交加，凍得薛仁貴渾身打顫，難以入睡，便想起身打拳來暖和暖和身子。當風雪停歇時，他走出草棚，一陣冷風迎面吹來，讓他不由得打了個冷顫，喊了一聲：「好冷呀！」

沒想到，薛仁貴那聲「好冷呀」驚醒了住在草棚旁邊繡樓裡的柳銀環。她想到在這麼冷的夜裡，薛仁貴沒有足以禦寒的衣物，沒多久一定會被凍壞，於是她摸黑打開衣箱，取出保暖的衣裳，然後輕輕推開窗戶，把衣裳扔了出去。因為擔心被發現，她急忙的關上窗子。

薛仁貴剛練完拳腳，轉身瞧見有東西從天上掉下來，上前撿起來一看，發現是件祆襖。

「咦？天上怎麼會掉下一件裌襖呢？」

他抬頭看了看天，再環視一下四周，一片黑漆漆的，什麼也沒發現。

他想了想，像是領悟到什麼大道理似的喊：「啊！這一定是老天爺送給我的寶衣啦！」

他開心的笑了，雙膝立刻跪下，虔誠的叩頭說：「老天爺，謝謝您啦！」然後興高采烈的將裌襖穿上，回到草棚裡睡覺。

薛仁貴傻裡傻氣的模樣全都映入躲在窗旁的柳銀環眼裡，讓她不由得笑了。她沒想到像他這樣魁梧的男子，竟然也會有這麼可愛的一面。

得到「天賜寶衣」的薛仁貴，終於能睡個溫暖甜美的覺。第二天一大早起床，他精神百倍，便辛勤的去將柳家莊大門口的積雪掃掉，好方便眾人出入。

掃著掃著，他全身熱了起來，便將外衣脫掉，只穿那件「天賜寶衣」。

恰在此時，柳員外出來散步，看到薛仁貴身上那件裌襖，嚇了一大跳，立刻質問他：「你這紅緞裌襖是

23

從哪兒來的？」

面對柳員外的質疑，薛仁貴十分坦然的說：「這是上天所賜的。」

「上天所賜的？呸，真是一派胡言！這紅緞袂襖材質特殊，是我從外地買回來送給女兒和兒媳婦的，怎麼會在你這窮小子的身上？你一定是偷來的！」

薛仁貴氣憤的說：「您別血口噴人，我人窮志不窮，絕對不會去偷東西！」

「你這臭小子，還敢狡辯！來人啊，把薛仁貴給我綁起來，送交官府！」

僕人立刻將薛仁貴團團圍住。

薛仁貴雖滿腔怒火，卻含冤莫辯，心想：「柳員外家有錢有勢，縣太爺一定不分是非，選擇相信他而不會相信我，若是被他送交官府，那我準會沒命，還是趕快逃命吧！」

心中有了主意，他立即衝破僕人的包圍，拔腿就跑，一轉眼就逃得無影無蹤。

沒抓到薛仁貴，柳員外氣憤難平。他想到若是薛仁貴真的沒偷，必是女兒或兒媳婦與他有私情，才會將寶貴的衣服送給他。柳員外越想越生氣，立刻下令：

「去把小姐和少奶奶叫來，並要她們把我送的紅緞袂

襖拿來給我看看。」

　　不一會兒，柳員外看到兒媳婦拿著紅緞袂襖出來，心裡就有底了，所以當他見到一向疼愛的女兒空手出現，便破口大罵：「妳這個敗壞門風的孽女！」

　　柳銀環知道柳員外誤會了，立刻將昨晚的事全部說出，並解釋：「爹，女兒贈衣給薛仁貴，只是憐憫他，並沒有別的意思，還請爹息怒。」

　　對女兒有很高期許的柳員外，氣急敗壞的大罵：「妳根本就是狡辯胡謅！女孩子的東西，豈能隨便送給不相干的男子？分明是妳跟薛仁貴做出見不得人的事情，才會送他昂貴的紅緞袂襖當定情物。我們柳家的門風都被妳這孽女給敗光了！」

　　「爹，事情不是這樣的。您不信，叫薛仁貴來問個清楚……」

　　「那個渾小子見東窗事發，早就丟下妳不管，一個人逃了！」

　　「啊？」柳銀環這下真的百口莫辯了。

　　柳員外氣寶貝女兒不守婦德，敗壞了自家門風，更氣她竟然如此

識人不清，喜歡上薛仁貴那種畏縮怕事、貪生怕死的人。

「與其讓他人恥笑我教女無方，不如我自己親自了結妳這個孽女！」

說完，柳員外立刻取下掛在牆上的寶劍，作勢要殺柳銀環，嚇得柳銀環整個人愣住，一動也不敢動。

柳夫人急忙上前攔阻：「老爺，你氣昏頭了是不是？站在你面前的不是別人，是我們的寶貝女兒銀環啊！」

柳員外氣得咬牙切齒，怒吼：「我柳剛沒有這樣的不肖女！妳讓開！」

「我不讓！你氣糊塗了，我可沒有。你不認女兒，我認！」柳夫人也火了。

「妳──」柳員外氣得說不出話來。

這時，柳銀環的哥哥柳大洪跑進來說：「爹，李員外來訪，說有急事要和你商量。」

柳員外把寶劍往地上一摔，衝著柳銀環說：「我先去會客，晚一點再跟妳算帳。」

一說完，他便氣沖沖的往前廳走去。其實，他哪裡捨得真的殺了自己的寶貝女兒，只是女兒鬧出這樣的醜事，他不知該如何處理啊！

見柳員外離開，柳銀環眼淚撲簌簌的流下來，委屈的哭訴：「娘，女兒所說的話，句句事實，絕無欺瞞。我和薛仁貴連句話都沒說過，更沒有做出任何不規矩的事，您要相信我啊！」

「娘相信妳沒有用，要妳爹和所有人相信妳才有用啊！妳也真糊塗，女孩子連條絲帕都不能隨意送給男人，更何況是自身衣物呢？現在妳就是跳到黃河也洗不清啊！難怪妳爹要發那麼大的火。」

「娘，那現在該怎麼辦？」柳銀環也急了。

柳夫人還在想法子時，柳大洪倒先開口了：「娘，我看妹妹還是先離家，避避風頭，等爹氣消後再回來。」

「離家？可是我一個女孩子，能去哪兒啊？」柳銀環焦急了起來。她一向待在家裡，大門不出、二門不邁的，根本不知能躲到哪兒去。

「只要找個讓爹找不到妳的地方就好了。」柳大洪說。

「事到如今，就先這麼辦吧。」柳夫人同意兒子的建議，並且命令丫環立刻去幫女兒打包簡單的行囊。

發現自己真的非離家不可，<u>柳銀環</u>的心更慌，眼淚掉得更快。

<u>柳</u>夫人見了雖然萬分不捨，一時卻也想不出更好的法子，只能對站在一旁的奶娘說：「奶娘，<u>銀環</u>是妳從小疼到大的，就請妳陪她到外頭住一段時間，幫我照顧她吧！」

「好的，夫人。」奶娘立刻一口答應。

雖然女兒有奶娘陪伴照料，<u>柳</u>夫人的心還是不由得忐忑不安。當她還想再交代些事情的時候，一位僕人突然急急忙忙跑來報告：「夫人，老爺剛送走<u>李</u>員外，正氣沖沖往這兒走來！」

「娘……」<u>柳銀環</u>慌得不知所措，只能拉著<u>柳</u>夫人的衣袖。

<u>柳</u>夫人立刻下了決定：「<u>大洪</u>，我送<u>銀環</u>從後門走，你先去絆住你爹。」

「好。」一說完，<u>柳大洪</u>馬上往前廳方向跑去。

<u>柳</u>夫人匆匆忙忙的塞了些銀兩、首飾在打包好的行囊裡，然後送女兒和奶娘到後門。

臨別時，母女淚眼相望，<u>柳</u>夫人再三叮嚀：「妳們一找到安頓的地方，就立刻捎個信回來，讓我能稍稍放心。」

「好……」柳銀環哽咽的點頭，卻離情依依，腳步邁不出去。

「小姐，我們快走吧！」

柳銀環早已淚流滿面，在奶娘的催促下，揮別母親，揮別她從小成長的地方，往不可知的未來奔去……

第四章　窮漢有幸配佳人

　　由於害怕柳員外派人追來，柳銀環和奶娘離開柳家莊後，不敢走大道，專找小路走。

　　從沒走過這麼多路的柳銀環，經過一整天的奔波，早就累得腰酸腿疼，她忍不住向奶娘說：「奶娘，我走不動了。」

　　奶娘看了看天色，說：「天快黑了，前面有間破廟，我們就先去那兒歇息吧！」

　　走進破廟，柳銀環和奶娘發現裡面沒有神像，只有一張破舊的供桌，環顧四周，既荒涼又寂靜，兩人雖然害怕，但在又餓又渴又累的情況下，還是找了個角落坐下來歇息。

　　柳銀環從沒受過這樣的苦，想到自己所受的委屈，不由得哭了起來。

　　奶娘緊張的四處張望，然後焦急的說：「小姐，我知道妳心裡難受，但在這荒郊野外，萬一妳的哭聲引來老爺派來找我們的人或是壞人，那可就糟啦！」

　　柳銀環一聽，立刻止住哭聲，但仍然忍不住難過的說：「我只是可憐薛仁貴天冷無衣可禦寒，才送他一件衣服，讓他不會在寒冬裡凍壞身子。沒想到這個小小的舉動，竟然會引起如此大的風波，不但害我自己名譽受損、有家歸不得，還損壞柳家門風，氣得爹火冒三丈，不認我這女兒……」

　　「唉！明明是行善，怎麼會變成這樣？」奶娘也無限感慨。

　　忽然，有個黑影從供桌後走出來，奶娘和柳銀環原本就膽顫心驚、草木皆兵，這時更是嚇得驚聲尖叫：「啊——」

　　「妳們不要怕！我是薛仁貴。」

　　原來，薛仁貴從柳家莊逃出來後，就躲在這兒，怎知躲著躲著就睡著了，直到柳銀環和奶娘進了破廟，才把他吵醒。

　　聽了柳銀環和奶娘的對話，他才知道穿在身上的「天賜寶衣」，根本不是老天賜的，而是柳小姐所贈與的。他想到柳小姐對自己的善心之舉，卻因自己的無心之過，為她惹來了這場無妄之災，他心裡萬分過意不去，再也坐不住，便從供桌後面走出來。

　　「薛仁貴？」奶娘定下心神，依靠微亮的夕陽餘

薛仁貴征東

暉認出他來，轉驚為喜，說：「『大飯桶』，真的是你！」

「沒錯，是我！」薛仁貴對奶娘一笑，然後走到柳銀環面前跪下，說：「小姐，對不起……」

「唉呀──」柳銀環被他的舉動嚇了一跳，趕緊起身說：「你、你別跪我，快起來啦！」

薛仁貴覺得有錯就該認錯，因此依然跪得筆直，繼續說：「小姐，我真的不知道那件衣服是妳送我的。我原本以為是上天憐憫我、恩賜給我的，所以才高興的將它穿在身上，沒想到卻惹出這麼大的風波，害妳有家歸不得。這一切都是我的錯，我馬上去向老爺說明一切，老爺知道事情始末後應該就不會再怪罪妳，這樣妳就可以回家了。」

說完，薛仁貴立即起身，要往破廟外奔去，卻被奶娘一把拉住。

「大飯桶，你還真是個『大飯桶』咧！老爺正在氣頭上，連小姐的解釋都不相信了，會相信你這大飯桶說的話嗎？」

薛仁貴想了想，覺得這話好像很有道理。

「那、那──現在該怎麼辦？」他真的是有心要補救，卻不知道該怎麼做才好。

奶娘奔波了一天，此刻累得只想坐下來喘口氣，便說：「我們先坐下來，再來好好商議吧！」

嘴上雖然這麼說，奶娘心裡卻也不知道該怎麼辦。她心想：「雖然我年紀比較大，吃過的鹽比年輕人吃過的米還多，但事發突然，我和小姐匆忙離家，連今晚要投宿哪兒都還沒有頭緒，對未來更是茫然無措，還能想出什麼好辦法？更何況，兩個女子在外流浪，非常容易遭遇到危險，萬一小姐有個意外，我要怎麼向夫人交代呢？唉！」

她幽幽的嘆了一口氣，抬頭望著坐在面前那兩個等她拿主意的年輕人，卻意外發現男的俊、女的嬌，看起來還挺登對的——有個主意慢慢在她心裡形成。

「大飯桶，我記得前幾天和你閒聊時，你好像說過你父母雙亡，尚未娶妻？」奶娘問。

「嗯。」薛仁貴不清楚奶娘為什麼突然問起他的身家背景，只是老實回答。

「小姐的紅緞袂襖，此刻正穿在你身上？」

「嗯。我馬上脫下來

還給小姐。」薛仁貴隨即要脫掉外衣。

「不用了！不用了！」柳銀環羞紅著臉，立即制止他脫衣的動作。

奶娘卻揚起眉，半開玩笑的說：「哇——小姐這件紅緞袂襯的彈性真好啊，竟然沒被你給撐破。」

本來看似普通的事，被奶娘這麼一說，立刻顯得無比曖昧，讓薛仁貴和柳銀環都窘紅了臉，靜默無言。

奶娘搖著頭，萬分感嘆的說：「唉！小姐的衣裳暖了你的身，卻壞了她自己的名譽，日後想要配個門當戶對的好人家——難囉！」

「那怎麼辦？」薛仁貴焦急的問。

「你說呢？」奶娘反問他。

「我？」薛仁貴用手指著自己的鼻子，訝異萬分的問。

「禍是你闖的，不問你，問誰？」奶娘說得理所當然。

薛仁貴想了一下，說：「如果我現在還是富家少爺，必定負起責任，立刻迎娶小姐過門，不讓小姐再遭人非議；但我現在是個窮小子，沒有房子也沒有田地，若是和小姐成親，豈不是害了小姐……」

「如果我們家小姐不嫌棄你一無所有呢？」

「啊？」薛仁貴驚訝得眼睛都快凸出來。

「你那什麼表情！你是嫌我們家小姐配不上你呀？」奶娘故意說著反話，全然不理會一旁拉著她、示意她別再說了的柳銀環。

「不、不、不，小姐花容月貌、聰明伶俐，我怎麼會嫌棄呢？我是不敢高攀……」

「不敢高攀啊──」奶娘上上下下仔細打量他後，接著說：「現在的你配我們家小姐，的確是高攀了。不過，看你身強體壯、一表人才，只要肯好好努力，將來必定能功成名就。那就不是高攀了啊！」

薛仁貴覺得奶娘說得很有道理，就不再執著，朗聲對柳銀環說：「若小姐不嫌棄，我薛仁貴願意立刻迎娶小姐為妻。」

「啊？」這次換柳銀環傻眼，她萬萬沒想到事情會演變成這個情況，「奶娘──」

「小姐，妳可想過，為何一向疼愛妳的老爺，會為了此事發這麼大的脾氣，甚至不顧父女之情，要一劍送妳歸西呢？」

柳銀環淚眼汪汪的搖搖頭。

奶娘接著說：「我們柳家一向禮教嚴謹，發生這樣的事，就算老爺有心遮掩，家族裡的長輩們如果知道

了哪裡肯輕饒妳，絕對會嚴加懲治，好端正柳家門風。老爺一定是想與其讓妳去受折磨，遭眾人譏諷辱罵，還不如讓妳一劍歸西，少受那些罪。」

「可是我跟他真的沒什麼啊！」柳銀環再次聲明。

「有沒有什麼，可不是妳說了算，而是眾人說了算。人言可畏啊！一文錢可以逼死英雄好漢，一句話也可以逼死貞婦烈女啊！」

「這、這……豈不是禮教逼死人嗎？」柳銀環懊惱的說。

「就跟『水能載舟也能覆舟』的道理一樣，一向端正人性和民風的禮教，也有不近人情的時候啊！」

「那我現在該怎麼辦？」柳銀環不禁又問。

「小姐，雖然夫人和少爺要妳先到外頭躲一陣子，等風頭過了再回去。但，妳有沒有想過，這『一陣子』是多長？一個月？一年？還是更久的時間？而在躲藏的這段時間裡，我們要如何過活呢？就算我們平安的挨過一、兩年，到時候眾人真的能像『船過水無痕』般，把這件事淡忘，當作沒發生過嗎？妳未來的夫婿、夫家真的不會在意這些嗎？」

奶娘一句句的問話，問得柳銀環膽顫心驚，越想越心慌，越想越沒了主意。

「難道真的如奶娘所言，嫁給<u>薛仁貴</u>是目前最可行之路？」

其實，她對<u>薛仁貴</u>並非全然陌生。自從他來<u>柳家莊</u>工作後，她就常聽到奶娘與丫環誇讚他待人和善、吃苦耐勞、力大無窮，更因聽聞他是「大飯桶」，而特地找個理由到工地去偷瞧他。當時，她只覺得傳說中的怪人，原來並沒有三頭六臂，而是個品貌端正的一般男子。就連昨夜贈衣，也是基於憐憫之心，並無男女之情。

「如今，真的要和他成親嗎？我雖然沒有想過未來夫婿是何模樣，卻從來沒想過是他呀！而他，會是能夠幫我撐起一片天、讓我依靠一輩子的良人嗎……」

見<u>柳銀環</u>猶豫不決，<u>薛仁貴</u>真心懇切的說：「小

姐，我知道與我成親是委屈了妳。我不敢誇口日後必能讓妳過著榮華富貴的日子，但我敢保證，我們成親後，我一定會好好珍惜妳、敬重妳，就算日子苦到只剩一碗飯，我也會分半碗給妳，絕對不會讓妳空著肚子……」

「大飯桶，你有點出息好不好？還苦到只剩一碗飯咧！」薛仁貴話未說完，就讓奶娘的訓斥給打斷了。

「我……」

「你身強體壯，只要好好打拚、努力工作，還會讓家人餓肚子不成？擁有高超武藝的你，眼光放遠一點，志向大一點，將來去考個武狀元，讓我們家小姐過好日子才實在。若是以後有機會上戰場衛國殺敵，多立些戰功，搞不好還能封侯拜將，我們家小姐就能風光回娘家了。到時候，看誰還敢議論她的是非。」

「咦？」薛仁貴搔著頭，想了想，說：「對喔！奶娘，妳說得很有道理！」

「廢話！」奶娘搖搖頭，搞不懂薛仁貴為什麼個子那麼高，志向卻那麼小。她忽然想起另外一件更重要的事。

「小姐，妳考慮了那麼久，究竟決定如何？」

薛仁貴坦率誠懇的話語，雖然遭奶娘訓斥，卻觸

動了柳銀環的心，她瞥了他一眼，羞怯的低下頭說：「一切就照奶娘的意思吧！」

「那——就是答應和大飯桶的婚事囉？」奶娘再次確認。

見柳銀環點頭，奶娘鬆了一口氣，覺得肩上的重擔瞬間輕了不少。

薛仁貴更是眉開眼笑，他覺得老天爺對他真好，雖然沒有送他寶衣，卻賜給他一個更棒的禮物——一個水靈靈的妻子。

第五章　白袍小將在龍門

距離龍門縣千里以外的長安，正是唐朝天子李世民所居住的地方。他不但協助父親創建唐朝，更繼任帝位為唐太宗。具有雄心壯志的他，用心處理朝政國事，期盼自己能成為一代明君，為唐朝開創盛世。

一日早朝後，唐太宗找了幾位親信大臣到兩儀殿，繼續商議國事。其中，擅長觀察天象的袁天剛似乎有話要說，唐太宗便要他直言。

「陛下，臣昨晚觀看星象時，看見東方沖起一道紅光，沒多久又沖起一道黑光，這是個不好的徵兆，恐怕東方將有亂事發生。」

唐太宗聽了皺起眉頭，說：「北方叛亂剛平定，朕實在不願再有戰爭發生。可是如果東方有叛亂發生，為了國家安定，朕還是不得不派兵打伐……對了！朕昨晚做了一個夢，眾愛卿幫朕分析看看，看此夢是吉還是凶。」

「陛下夢見什麼？」一位大臣問。

「朕夢見自己獨自在茂密的樹林中騎馬奔馳，卻一直找不到自己的營帳。此時，身後忽然冒出一個濃眉大眼、穿戴紅色盔甲的人，騎馬揮刀向朕砍殺而來。朕大喊救駕，卻沒有人來，只好騎馬逃走。逃到海邊時，馬的四蹄陷進泥沙裡跑不動。眼見那逆賊漸漸逼近，朕急得不得了，偏偏又呼救無人。

「這時，忽然出現一個年輕人，穿戴白帽白袍、手拿方天畫戟，騎著白馬向朕奔來，說：『陛下別慌，我來救您了！』然後他便和那逆賊打了起來。幾個回合後，那個逆賊敗下陣逃了。朕萬分高興，要那個年輕人隨朕歸來，為朝廷效力，他卻說家中有事，轉身跳進從海上升起的龍嘴就不見了。朕遙望天邊，夕陽正從山的另一邊落下，留下滿天霞光。」

袁天剛略加思索後，說：「從天象和陛下的夢境來看，不到一年，那個濃眉大眼、穿戴紅色盔甲的逆賊就會在東方造反，到時恐怕我朝大將無人能敵，只能靠白袍小將去平定他了。」

「那我們要上哪兒去找那白袍小將？」眾大臣著急的問。

袁天剛一邊解夢一邊緩緩的說：「夢境的最後，陛下看到夕陽正從山的另一邊落下，似乎是指『山西』；

夕陽西下後留下滿天霞光，那表示地名裡應該是有個『朱』或『絳』字；那白袍小將說家中有事，跳進龍嘴就不見了，表示他可能住在有『龍』字的地方……有了！山西絳州府有一個龍門縣，派人去那兒找，說不定可以找到他。」

「沒名沒姓的，怎麼找？」一位大臣又問。

袁天剛說：「這簡單。陛下夢見他保主救駕，可見他必定是個武藝精湛且想保國衛民的人，那麼我們到龍門縣張貼公告，招募義軍，他必然會來投軍。」

另一大臣又問：「來投軍的人那麼多，我們怎麼知道誰是白袍小將？」

「對呀！對呀！」眾大臣也都有此疑問。

「白袍小將保主救駕，除了武藝精湛外，相信也是個能力卓越的人，那麼就算一時隱身人群、屈居人下，將來必能嶄露頭角，脫穎而出。到那個時候，我們不就知道他是誰了嗎？」

「這話還滿有道理。」眾大臣紛紛點頭。

唐太宗聽了，欣然一笑，開心的問眾大臣：「哪一位將官願意到山西去招兵買馬？」

張士貴立刻上前，跪下說：「末將願意！」

「張將軍，就請你幫朕把夢中的白袍小將給找

來。」

「末將遵旨。」張士貴起身後，接著說：「陛下，臣有一事不知是否該講？」

「張將軍請說。」

「臣聽了陛下的夢後，仔細推敲，覺得陛下夢中的白袍小將，應該是臣的女婿何宗憲。」

眾大臣都詫異的望著張士貴，唐太宗更是急著問：「喔？這話怎麼說？」

「因為臣的女婿何宗憲不但是個武藝精湛、屢建戰功的年輕將領，還喜歡穿白色戰袍、騎白色戰馬，使用的兵器正是方天畫戟。」

「這麼巧？」唐太宗詫異萬分，連忙下令：「快宣他來見朕！」

「遵旨！」

不一會兒，何宗憲領旨從軍營趕來。

唐太宗見何宗憲雄糾糾、氣昂昂的模樣，萬分欣喜，忍不住驚嘆：「果然和朕夢中的白袍小將十分相像啊！」

張士貴無比雀躍，覺得這正是女婿出人頭地的好時機。但他還來不及幫女婿美言幾句，就聽到唐太宗問：「何副將，你是山西絳州府龍門縣人嗎？」

「末將不是。」何宗憲老實回答。

唐太宗聽了之後，難掩失望，臉上原本欣喜的表情，瞬間垮了下來。他雖然以明君自居，但有些事他仍然相信卜卦之說。何況夢中的白袍小將是穿戴著白帽白袍，並非白色戰袍，可見白袍小將仍是個平民百姓。

他沉思了一會兒，才笑著說：「張將軍，你的女婿雖然和朕夢中的白袍小將十分相像，但是否真是朕夢中的白袍小將還很難確定。因此，還是請你到山西一趟，竭盡所能的招募所有義軍，幫朕找出白袍小將來。」

「末將遵旨！末將必竭盡所能，不負陛下所託。」嘴上雖然這麼說，張士貴心裡卻另有打算。

回家收拾好行李，張士貴便領著兒子、家將往山西去了。

路上，張士貴的大兒子張志龍忿忿不平的說：「皇上夢中的白袍小將，明明就是妹夫，為何只因妹夫不是山西絳州府龍門縣人，就認定他不是白袍小將呢？」

「就是嘛！萬一這次真的找到一個武藝精湛，還喜歡穿白袍、騎白馬、用方天畫戟的人，那妹夫還有什麼出頭的希望？」二兒子張志虎也同樣氣憤。

「爹，既然如此，您幹嘛還要幫皇上去找他夢中的白袍小將呢？」三兒子張志彪不解的問。

「就是因為宗憲有機會成為皇上的白袍小將，我才討了這個差事呀！」

「啊？」張家兄弟們聽了都露出不解的神情。

四兒子張志豹望了眾兄長一眼，說出大夥兒的心聲：「爹，我們不明白您的意思。」

「皇上夢中的白袍小將既然跟宗憲很像，假使真的找到了那個人，我們就暗中將他除掉，然後跟皇上回報找不到這個人，讓宗憲成為皇上夢中白袍小將的不二人選，到時候⋯⋯」

「我們也跟著沾光，有著享用不盡的榮華富貴。」張家兄弟們眉開眼笑，最後還忍不住讚嘆：「爹，還是您老謀深算啊！」

「這是當然的！」張士貴扚著鬍鬚，得意的笑。

若非他老謀深算，怎會將大女兒嫁給英勇善戰的何宗憲，二女兒嫁給皇上的叔叔李道宗，還幫四個兒子在軍中謀得好差事呢？

對於這些費盡心機的安排，他可是非常得意呢！

第六章　龍顏震怒欲征東

　　自從張士貴出發前往山西，唐太宗便天天盼望張士貴傳回尋獲白袍小將的消息。但白袍小將還沒找到，卻發生一件讓他龍顏震怒之事⋯⋯

　　一日早朝，唐太宗正與大臣們商議國事，忽然有人來報：「啟奏皇上，伯濟國的使臣昌黑飛求見，說是來進貢寶物。」

　　「伯濟國？」

　　唐太宗想起伯濟國和新羅國、龜茲國都位於高麗國之東，朝廷將這些國家和高麗國統稱為「東遼」。東遼諸國要來朝貢，若是走陸路，路途遙遠而且崎嶇難行，加上沿路有盜匪攔截，風險相當大；若是走海路，路途雖然比較近，但大海瞬息萬變，一個大浪就能顛覆所有船隻，風險也不小。伯濟國會派使臣不遠千里前來朝貢，可見其對唐朝心悅誠服。

　　此事令唐太宗開心的笑了，一掃多日來的煩憂，

朗聲說：「宣。」

　　用一塊紗帕蒙著臉的昌黑飛一進金鑾殿，立刻走到唐太宗面前跪下，說：「伯濟國使臣昌黑飛參見唐朝皇上，願唐朝皇上萬歲！萬歲！萬萬歲！」

　　「免禮，起身吧！」唐太宗看見他的模樣雖然覺得奇怪，卻不急著詢問，只說：「你們狼主讓你帶什麼寶物來朝貢？」

　　「狼主命令我帶來赤金嵌寶石帽子一頂、白玉帶一條、絳黃袍一件來獻給您——偉大的唐朝皇上，我們的天可汗！」

　　雖然和物產富饒的唐朝相比，這些貢品並不是什麼稀世寶物，但卻代表著藩屬國的心意，所以唐太宗仍然很高興，問：「東西呢？」

　　沒想到昌黑飛聽到唐太宗的問話，竟然語帶悲憤的說：「我們途經高麗國時，高麗國的大元帥蓋蘇文明知我們要來朝貢，卻故意派兵來搶奪貢品。

我國士兵為了保住要獻給陛下的貢品，都壯烈犧牲了，甚至連我也被捕。後來蓋蘇文因為要我帶話給陛下，才放我走的。」

「什麼話？」

「陛下，請看！」

昌黑飛拿下蒙臉的紗帕，露出蓋蘇文叫人在他臉上刺的字：

> 高麗國大元帥蓋蘇文傳話給我兒李世民，今年若不來朝貢，明年就派兵渡海滅唐。

唐太宗看了怒火中燒，滿朝文武百官更是氣憤不已。

個性直爽率真的魯國公程咬金，率先請命：「皇上，蓋蘇文那賊人竟敢汙衊您，還向我朝宣戰！他說明年派兵渡海滅唐，我今年就先去滅了他。請皇上立即下旨，讓臣領兵滅了蓋蘇文，宣揚皇上天威，維護我唐朝名聲。」

「請皇上立即下旨，讓臣領兵

滅了<u>蓋蘇文</u>，宣揚皇上天威，維護我<u>唐朝</u>名聲！」其他武將也紛紛出聲，大家都想渡海去殺了那令人氣憤的<u>蓋蘇文</u>。

這時大臣<u>房玄齡</u>卻提出不同的意見：「皇上，臣認為東征的事還須三思，切勿莽撞決定啊！」

「喔？愛卿為何這麼說？」<u>唐太宗</u>沉聲問。

<u>房玄齡</u>回答：「皇上，您一向勤政愛民，早就知道出兵討伐鄰國是件勞民傷財的事。現在，<u>高麗國</u>位於大海的東方，路途遙遠，若要加以討伐，所花費的兵力、物力必定更多，所以請皇上三思，千萬別因為<u>蓋蘇文</u>的言語挑釁，就輕率決定興兵討伐。」

<u>杜如晦</u>也跟著提出諫言：「皇上，<u>房</u>大人說得非常有道理啊！前朝<u>隋煬帝</u>也曾為了宣揚國威，領兵渡海東征，結果不但未能凱旋而歸，反而弄得損兵折將、灰頭土臉，遭後世恥笑。前車之鑑未遠，還請皇上三思啊！」

早已怒火中燒的<u>唐太宗</u>，聽了<u>房玄齡</u>的話已經相當不悅，再聽<u>杜如晦</u>的話更加火冒三丈，便順著他的話，語調冷硬的質問：「<u>杜</u>愛卿的意思是說，朕如果決定領兵渡海東征，宣揚國威，就是跟<u>隋煬帝</u>那亡國昏君一樣？」

「臣絕無此意，請皇上明察。」沒料到自己的言論竟然觸怒唐太宗，杜如晦嚇得臉色發白，立即跪下。

不懂得察言觀色的程咬金，竟然沒有發覺現場的氣氛十分緊繃，仍大剌剌的說：「杜大人，你如果沒有那個意思，就別再講那些『長他人志氣，滅自己威風』的話了。」

杜如晦聽到程咬金火上加油的言語，明知他是無心，心中仍暗暗叫苦，冷汗直流，深怕自己的人頭就要被程咬金這個大老粗給害到掉了。

房玄齡趕緊出面緩頰：「皇上英明睿智，史上無雙；自登基以來，其他國家紛紛臣服，海內昇平。那亡國昏君隋煬帝怎能跟您相比呢？更何況皇上帶兵攻隋、替天行道時，那亡國昏君還是您的手下敗將呢！這些不只滿朝文武皆知，全國百姓也都有聽聞，杜大人當然更是了解，怎麼可能將那昏君與您相提並論呢？杜大人只是盼望皇上以史為鑑，做出睿智的決定，懇請皇上明鑑。」

房玄齡深知忠言逆耳，尤其天子的喜怒難測，對皇上進言，忠言還是得包裹一層甜甜的糖衣，以免皇上忠言聽不進去，還害得自己的人頭落地呢！

好話人人愛聽，就算以明君自居的唐太宗也不例

薛仁貴征東

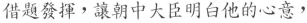
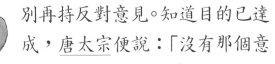

外。他當然知道杜如晦無此意，只不過借題發揮，讓朝中大臣明白他的心意，別再持反對意見。知道目的已達成，唐太宗便說：「沒有那個意思就好。杜愛卿，起身吧！」

「謝皇上！」已嚇出一身冷汗的杜如晦，起身後朝房玄齡投去一瞥，表達感激之意。

唐太宗望著滿朝文武百官，聲音低沉而威嚴的說：「朕也希望人民安居樂業，天下太平，更不願再興戰事，折損國力，令生靈塗炭。但，朕若對於逆賊蓋蘇文的忤逆行徑加以隱忍，如何令其他國家臣服呢？因此，為了維護我們唐朝的尊嚴和國威，朕決定領兵渡海東征，討伐那逆賊蓋蘇文！」

唐太宗的話激起群臣澎湃的愛國心，大夥兒情緒激昂的齊聲高喊：

「皇上英明！唐朝國威浩蕩！吾皇萬歲！萬歲！萬萬歲！」

看到滿朝文武上下齊心、氣勢磅礡的景象，唐太宗滿意的笑了。他接著想起前不久袁天剛觀察天象之

事，沒想到這麼快就應驗了。

「東方亂事已起，那白袍小將在何方呢？張士貴領命到山西招募義軍，已經好一陣子了，為何一直沒有白袍小將的消息傳回呢？」

唐太宗雖然已經決定領兵渡海討伐蓋蘇文，卻不會跟武將們一樣莽撞行事。他想了一下，詢問袁天剛：「袁愛卿，渡海東征的事，你有何建議？」

「臣覺得此事需從長計議。」

看見唐太宗詢問的眼神，袁天剛接著說：「皇上若要渡海討伐逆賊蓋蘇文，必須先募集充足的兵力、建造千百艘戰船、準備足夠的軍糧，而這些都是需要花費許多時間來籌備的。」

「要先募集充足的兵力呀……」唐太宗沉思了一會兒，說：「那就頒布詔書，說朝廷要招募三十萬義軍征遼，希望能募得更多像朕夢中白袍小將這樣的英雄豪傑來報效朝廷。這事——就交由三十六路總管府辦理。」

「遵旨。」

「至於建造千百艘戰船呀……」唐太宗望著擅長機械製造的王君可說：「王愛卿，

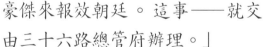

這事就交由你來辦吧！」

「臣遵旨。」<u>王君可</u>立刻領命，開始思索如何在最短的時間內建造出這麼多艘的戰船。

「還有準備征<u>遼</u>所需的軍糧……」<u>唐太宗</u>望著<u>程咬金</u>說：「<u>程</u>愛卿，就由你到各省去催收軍糧吧！」

「沒問題。」<u>程咬金</u>拍著胸脯，豪邁的允諾，隨後想到君臣該有的禮節，立刻再補了一句：「呃──臣遵旨。」

<u>唐太宗</u>笑了笑，不以為意，因為他最欣賞的就是<u>程咬金</u>的豪邁和率直。

「皇上，那您希望由誰來擔任征<u>遼</u>大元帥呢？」<u>袁天剛</u>問。

「皇上，臣願擔任征<u>遼</u>大元帥，宣揚我<u>唐朝</u>國威！」眾將軍齊聲說。

<u>唐太宗</u>看了看滿朝武將，覺得將才易得，帥才難求，而能夠掛帥的將領，年紀似乎都大了些。再三思量，最後對英國公<u>李世勣</u>說：「<u>李</u>愛卿，就由你擔任征<u>遼</u>大元帥吧！」

<u>李世勣</u>欣喜萬分，立刻領

命：「臣遵旨。臣必不負皇上所託，剷除逆賊蓋蘇文，以宣揚我唐朝國威。」

「好！好！」唐太宗欣慰的連連點頭。

看著滿朝文武官員齊心協力，開始著手籌備征遼事宜，讓唐太宗的心穩定下來，不再那麼忐忑不安，他期待早日找到白袍小將，更期待這次渡海東征能旗開得勝。

薛仁貴征東

第七章　為展鴻志去投軍

　　當唐太宗和文武百官在長安城裡為了東征的事費思量時，住在龍門縣丁山山腳下破窰裡的薛仁貴，則是為了擔起一家之主的重責、為了讓全家得以溫飽而傷腦筋。

　　那天離開破廟後，薛仁貴帶著柳銀環和奶娘回破窰，途中恰巧遇見做完生意要回家的王茂生。王茂生得知他要成親，立刻回家找來妻子毛氏，夫妻倆開心的為他張羅結婚用品和布置新房。在王茂生夫婦、奶娘的協助和見證下，薛仁貴和柳銀環便在破窰裡順利完婚。

　　婚後，三人依靠柳銀環從家裡帶出來的銀子和首飾，日子暫時過得下去。因此，薛仁貴不用馬上為家計發愁；但他如果整天遊手好閒不找事做，長此下去，就算是金山、銀山也有吃空的一天。更何況，柳銀環帶出來的銀子和首飾並不多，若只維持她和奶娘的花費，還可支撐滿長一段時日；若加上有「大胃王」之

稱的<u>薛仁貴</u>，那銀子消失的速度可比流水還快啊！

這一天，<u>薛仁貴</u>用過早飯，來到溪畔，望著溪中的游魚沉思，因為不擅長找工作的他，又再度為了要找什麼事做而傷透腦筋。以前，家裡沒米糧，大不了他一個人餓肚子；現在可不行，他已經成婚了，家裡若沒米糧，餓肚子的可不只他一人啊！更何況他一個大男人，怎麼可以讓嬌弱的妻子吃不飽呢？但……他又能上哪兒找工作呢？

這時，天上傳來野雁「嘎──嘎──嘎──」的鳴叫聲，打斷了<u>薛仁貴</u>的思緒。

他抬頭望向那群排成人字型的野雁，斜迎著東風飛翔在青天上。

「春天來了，野雁也北歸了……」他幽幽的說。

忽然，有個念頭閃進他的腦海裡，讓他茅塞頓開，揮別長久的陰霾，開心的大叫：「我找到工作了！我找到工作了！」

<u>薛仁貴</u>立刻上山砍了一些毛竹帶回家，然後坐在

門口慢慢的削，做成一把竹弓和數支竹箭。

「仁貴，你做竹弓和竹箭要做什麼？」柳銀環納悶的問。

「妳跟我來就知道了。」

他一手抓起竹弓和竹箭，一手拉著柳銀環，興奮的往溪畔跑去。

到了溪畔，天上又傳來「嘎──嘎──嘎──」的雁鳴聲，兩人不約而同的停下腳步，一起抬頭仰望天空。

「銀環，看我的厲害！我射一隻最肥美的野雁送給妳！」

薛仁貴俐落的擺好架勢，挽弓搭箭，望著天上飛翔的野雁，眼睛一睇，「咻──」弓弦將竹箭彈射而出，劃過晴空，直直穿進了雁群裡。

無聲無息，一隻野雁中箭掉落，其他野雁渾然不知，繼續向北方飛去。

「今天可以加菜了！」薛仁貴一箭射中目標，興高采烈的說。

柳銀環凝望著英姿煥發的薛仁貴，一時竟忘了去瞧野雁墜落的方向。

薛仁貴拾回野雁，看到失神的柳銀環，關心的問：

「妳怎麼了？」

柳銀環回過神，不禁面紅耳赤，說：「沒……呃，我只是在想，你為什麼不用真的弓箭，而要用竹弓竹箭來獵雁呢？」

「這樣才能顯現我的真本事啊！」薛仁貴自負的說。

但兩人都知道，最主要的原因是可以省下買弓箭的花費。

薛仁貴對未來已有規劃，信心滿滿的將心中的打算說出來：「銀環，這個季節雁群多，以後我每天都來這兒獵雁，以我的本事，一天獵個二、三十隻絕對沒有問題。所獵得的雁隻，除了我們自己可以食用外，還可以拿去市集賣，做些生意。這樣，我們就不愁沒有生活費了。」

「嗯。」柳銀環笑盈盈的點頭。看著一生所要依靠的丈夫越來越會打算、越來越有擔當，她的心裡十分甜蜜，一點也不覺得貧賤夫妻百事哀。

平淡恬適的日子一天天過去，轉眼已經快夏天了。

這一天，薛仁貴仍然到溪畔打獵，卻遇到一位老朋友——周青。

周青也是龍門縣人，從小和薛仁貴一起習武，因

志趣相投，便結拜當兄弟。他的一對鐵棍舞得出神入化，本事也高，這幾年都在外地從事武師的工作，賺了不少錢，這次回鄉是為了投軍，想藉此出人頭地。

聽到薛仁貴這幾年的遭遇，作為兄弟的周青非常感慨，說：「仁貴，就算你射雁技術高超，每天能獵得許多雁，讓生活暫時無慮，但將來卻難有什麼大成就。既然你有一身好本事，乾脆和我一起去投軍，說不定能闖出一番事業來。」

「這事我早有想過……」

「那為何到現在你還在這兒射雁呢？」

「周青，我已經成親了，不再是一個人，我做任何事都必須先為家人著想。我沒有去投軍，就是聽說朝廷這次募兵，是為了渡海東征討伐高麗國的逆賊蓋蘇文，這一去短則三、五年，長則七、八年都有可能，而在這段漫長的歲月中，我的妻子和未出世的孩子要如何過活呢？」薛仁貴說出自己的難處。

「這不是問題。」周青從懷裡拿出一張二百兩的銀票交給薛仁貴。

「我不能拿你的錢……」

周青緊緊握住薛仁貴推辭的手，說：「是兄弟就別推辭！更何況，我這筆錢不是送給你，而是借你的，

以後等你有錢了，是要加倍還我的。」

　　周青的舉動讓薛仁貴心裡十分感動，但他嘴上卻開玩笑說：「兄弟，你哪時候改行當起放高利貸的？」

　　「就從現在開始，如何？」周青俏皮的挑眉。

　　兩人相視一笑，一切盡在不言中。

　　但，薛仁貴還是忍不住說：「兄弟，謝謝你！」

　　周青只是淡淡一笑，拍拍薛仁貴的肩膀，隨後又耍起嘴皮子：「兄弟，你沒聽過『大恩不言謝，只要以身相許』嗎？所以你趕快將安家費拿回去給嫂子，然後跟我一起去投軍吧！」

　　薛仁貴聽了，豪氣干雲的答應：「好！」

　　約定好會面的時間、地點後，薛仁貴便和周青告別，快步往家的方向奔去。

　　回到家，薛仁貴立刻興奮的將一切經過告訴柳銀環。

　　講到後來，他才後知後覺的發現妻子臉色沉重，

不禁忐忑的問：「妳不贊成我去投軍嗎？」

柳銀環搖搖頭，還未開口，兩串眼淚已先劃過臉龐。薛仁貴連忙說：「妳不贊成，我就不去了。」

「你有機會施展抱負，身為妻子的我，為你高興都來不及了，怎麼可能攔著你呢？」

「那──妳為什麼流淚？」

「我捨不得你離家啊！」柳銀環擦掉淚水，摸著已有身孕的肚子，嬌羞的說：「哪像你呀，以為有了安家費就好，一點也不眷戀『我們』……」

薛仁貴急忙解釋：「從我倆成親後，我心中想的、念的都是妳，就連我要和周兄弟去投軍，除了可以施展抱負、貢獻所學之外，最主要的原因，是我想早日有番作為，讓妳能風風光光回娘家。」

看到柳銀環詫異萬分的神情，薛仁貴露出苦澀的笑容，接著說：「我知道成婚這半年來，妳對於無法回娘家這件事情感到很遺憾。對此，我心中有很深的歉意，一直想竭盡所能的闖出名號，好讓妳如願。因此，我更不想錯失這次機會。」

聽了薛仁貴的話，柳銀環的淚掉得更凶，她緊緊的抱住薛仁貴，哽咽的說：「聽說……軍中生活很苦、很危險？」

薛仁貴安撫她：「我不怕吃苦，更不怕危險，只怕沒有機會施展所長。」

　　「仁貴，投軍前，你能不能先答應我一件事？」

　　「沒問題，一萬件我都答應妳！」

　　「不，就這一件就好。」

　　她握住他的手，放在她仍然平坦的肚子上，說：「你要切記，在這世上你不是孤孤單單一個人，你是有妻有子的人。因此，為了我和孩子，無論從軍的時間有多長，無論戰爭的殺伐有多危險，無論有沒有立下任何功績，你——一定要活著回來！」

　　薛仁貴深情凝視著她，慎重的許下承諾：

　　「好，我答應妳，無論如何，我一定會活著回來！」

薛仁貴征東

第八章　一身白袍惹是非

　　將妻子託付給奶娘和王茂生夫婦後，薛仁貴才到約定的地方和周青會合。

　　周青一看到他，便繞著薛仁貴走了一圈，半開玩笑的說：「唉呀呀，果真是『佛要金裝，人要衣裝』啊！兄弟，你穿上這套白衣裳，整個人精神煥發，像個威風凜凜的大英雄啊！」

　　薛仁貴靦腆的笑了笑，說：「唉，你別取笑我了。」

　　「我是真心讚賞，絕無取笑之意。對了，你這身行頭上哪兒訂做的，怎能做得這麼合身好看？」

　　「這套衣服是你嫂子昨晚連夜幫我趕工縫製的。」薛仁貴甜蜜的說。

　　「原來是嫂子特地為你縫的，難怪會用你最喜歡的白色布料來縫製。兄弟我就錦上添花，送你一條五色鸞帶當裝飾吧！」

　　周青從包袱裡掏出一條五色鸞帶遞給薛仁貴，薛

仁貴立刻將它繫在腰際，整個人更顯得神采奕奕。

周青後退一步，仔仔細細打量薛仁貴：「現在，你穿著蘊含嫂子濃濃情意的白袍、繫著有兄弟我深深祝福的五色鸞帶去投軍，相信必能鴻運當頭，從此一帆風順，前途似錦。」

「希望未來的一切，真能如你說的那樣。」薛仁貴衷心期望。

可惜天不從人願，那身白袍不但沒有讓薛仁貴鴻運當頭、一帆風順，反而讓他被張士貴當成是皇上夢中的白袍小將，因而被拒於總府衙門外。

原來掌管募兵大權的張士貴一看到薛仁貴穿著白袍，沒有詢問他的專長、沒有考核他的本事，就不分青紅皂白的叫人把他攆出去。年輕氣盛的薛仁貴滿心不服，氣憤的問：「我沒有做錯任何事，為什麼不讓我投軍？」

「大膽刁民，自己錯了不認錯，還敢來質問本官為什麼！來人啊！將他推出去，斬了！」張士貴利慾薰心，想藉機將可能是白袍小將的薛仁貴除掉。

薛仁貴氣得忘了懼怕，更因初次見識到在上位者如此草菅人命，而氣憤得說不出話來。

周青剛面試過關，分配擔任旗牌官，看到薛仁貴被推出去的景象，趕緊挺身求情，說：「將軍，請息怒。薛仁貴是我的結拜兄弟，自幼生長於窮鄉僻壤，沒見過什麼大場面，因此不懂得應對進退，若有什麼冒犯之處，還請將軍明示。」

「哼！他不知道我叫什麼大名嗎？竟敢叫薛仁貴，冒犯了我的名字。」

周青聽了，感到非常訝異，沒想到朝廷居然派了一個不重本事、反而在枝微末節上斤斤計較的人來掌理募兵大事，但他知道此時不是辯論的好時機，便說：「將軍，薛兄弟和我趕著來投軍，沒有事先打聽，真的不知道冒犯到您的名字。雖然是我們疏忽，做事不夠周延，但不知者不罪，還請將軍『大人有大量』，饒了他這次吧！」

張士貴雖然一臉怒意，卻也發覺來投軍的人很多，若因此將薛仁貴斬首，必定會引人議論；更何況，薛仁貴年輕氣盛，一點也不沉著穩重，未必就是唐太宗夢中的白袍小將，若是為了薛仁貴而引來麻煩，那可不妥當。於是張士貴順著周青的話，給自己和薛仁貴

一個臺階下，說：「好，我就看在你的面子上，饒了他這一次。」

「謝將軍大恩！」

救下薛仁貴的命，讓周青鬆了一口氣，趕緊拉著薛仁貴退出去，以免張士貴改變主意。

出了大門，氣憤難平的薛仁貴沒想到自己空有一身好本領，竟然會因無關緊要的小事而無法投軍，不禁感到萬分無奈和落寞。

而最令他難過的是，他的長才無處可施展，又如何能出人頭地、衣錦榮歸呢？這麼一來，他又如何能讓妻子風風光光回娘家呢？

想到出門前對妻子的承諾，他覺得很慚愧，因此更加垂頭喪氣。

周青拍拍他的背，勸導他：「兄弟，別洩氣，剛才將軍說你只是名字裡有個『貴』字，冒犯了他的名字，所以才不用你。如果你在投軍狀上將名字改一下，說不定會有新的契機。」

薛仁貴苦笑，問：「你真的認為他是因為我冒犯了

薛仁貴征東

他的名字，才拒絕我投軍嗎？」

兩人眼神交會，傳遞彼此心知肚明的訊息。

周青低頭思量，卻百思不得其解，忍不住問薛仁貴：「兄弟，你和張士貴是否有過節，要不然他怎麼只找你的麻煩呢？」

薛仁貴想了一下，說：「應該沒有吧。我今天才與他初次相見，如何和他有過節呢？」

周青納悶的說：「這就怪了……因為除非是太過虛弱或是身體殘缺，不然來投軍的人通常都會被錄取，你算是特例了。而且現在是國家亟需用人的時候，負責募兵的張士貴卻因為冒犯名字這種小事，放棄像你這樣的將帥之才，實在奇怪啊！」

「唉，就算我運氣不好吧！」薛仁貴回頭望著總府衙門，又嘆了口氣，才接著說：「若張士貴有心刁難，就算我改了名，他仍然會找其他藉口拒絕我投軍。」

他已不是初出茅廬的小夥子，當然能察覺事情不像表面上看起來那麼簡單。

周青為他打氣：「就算如此，只要你真的有心投身軍旅，施展所長，就不該因這樣的小挫折而輕易放棄。」

薛仁貴愣了一下，接著釋懷一笑，望著周青說：「我會再來的。」

　　「好，我等你。」

　　過兩天，當張士貴見到被中軍官叫進來的薛禮，正是兩天前被他攆出去的薛仁貴時，訝異的瞪大眼，隨後臉色一沉，怒吼說：「來人啊！把薛禮給我推出去斬了！」

　　相對於張士貴的氣急敗壞，薛仁貴不但不驚不慌，還慢條斯理的說：「將軍，我不服！」

　　「我已經饒過你一次，你還有什麼好不服的？」

　　「將軍，我是來投軍，不是來送死的。前兩天來投軍時，因冒犯了將軍您的名字，所以您要殺我；可是今天我並沒有什麼不對，為何您還要殺我？」

　　張士貴被他問得啞口無言，眼神游移了一下，看見站在兩旁的士兵，忽然靈機一動，指著薛仁貴大罵：「你還敢說沒有什麼不對！我奉旨募兵，凡事都圖個吉利，你卻穿著一身白袍，像是戴孝一樣，分明是故意觸我霉頭！」

　　薛仁貴淡淡一笑，氣定神閒的說：「喔——原來如此啊！我真是受教了。將軍，我有一事，不知能否向您請教？」

「說！」

「將軍覺得我一身白袍觸霉頭，而要定我的罪；若是我馬上脫下白袍，換上喜氣洋洋的紅衣，將軍是否會讓我順利投軍呢？」

「你——」張士貴指著薛仁貴的鼻子，氣得說不出話來。

站立在一旁的周青，見張士貴氣得面紅耳赤，怕薛仁貴未出征就先把自己的小命給犧牲了，趕緊出面緩頰：「將軍，薛禮會穿這身白衣，絕不是故意要觸您霉頭，而是感念嬌妻的情意。何況不知者不罪，還請將軍『大人不計小人過』，再饒他這次吧！」

「哼！」張士貴雖然怒火中燒，卻也知道以這樣的罪名將薛仁貴斬首太牽強，於是假意寬宏大量的說：「好，我就看在你的面子上，再饒他這一次。但這是最後一次了，下次我絕不通融。」

「謝將軍大恩！」周青說，然後立刻拉著薛仁貴退出去。

一走出大門，薛仁貴向周青一拜：「兄弟，要在這裡向你告

別了，請多珍重！」

「你也多珍重！」周青隨即回禮，沒有任何挽留。因為他也看出張士貴是有意刁難，因此，不管薛仁貴再怎麼有本事，只要張士貴負責募兵事務，薛仁貴就沒有任何機會投身軍旅。而目前只是小小旗牌官的他，雖然有心，卻沒有能力可以幫上忙。

看周青為自己的事傷神，薛仁貴相當過意不去，便笑著說：「兄弟，別為我難過了！『此處不留爺，自有留爺處』，我會為自己找到出路的。」

「你能這麼想就好。」

周青仍不放心的繼續叮嚀：「兄弟，聰明的你應該明白，這次投軍不成，並非你不好，所以千萬別因此而灰心喪志。日後，我若有功績得以晉見皇上，一定會推薦你，讓你有出頭天的機會。」

「兄弟，謝謝你囉！」周青的話讓薛仁貴倍感溫馨。

縱然周青還有千言萬語，卻不知從何說起，只能化為簡單的兩個字：「珍重！」

「珍重！」說完，薛仁貴毅然決然的轉身離去。

第九章　打虎英雄火頭軍

　　雖然薛仁貴很灑脫的向周青道別，又說會為自己找到出路，但是，事情沒那麼簡單啊！他根本就不知道該何去何從……

　　「難道——我真的就這樣一事無成的回故鄉嗎？」

　　踏上歸途後，這句話就一直在薛仁貴的腦海裡迴盪著。

　　心事重重的他，不知不覺走了十幾里路，來到一處山腳下。見山腳下立了一塊石碑，上前一看，發現上頭寫著「金錢山」三個大字。

　　「金錢山？」他抬頭望了望聳立的高山。

　　「說是『金錢山』，卻林木蒼翠聳立，一點錢味也沒有，這山名也未免太不符合現實了吧！」

　　石碑上還有一行旅人加註的小字，因日曬雨淋而有些模糊不清，他詳細的查看，才看清楚上頭寫著：

　　　　山路危險，常有白額虎傷人，來往行人要小心！

「有白額虎啊……」

他再次凝望滿山蒼翠的林木，淡淡的說：「我就來會會牠吧！既可為來往行人除害，又可出出幾天來所受的悶氣，何樂而不為呢？」

打定主意後，他便隨意找個樹蔭處坐下，閉目養神，等著白額虎自投羅網。

等著等著，疲累的他在陣陣宜人的輕風吹拂下，就這麼進入夢鄉……

不知睡了多久，他忽然被某個聲響驚醒，一睜開眼，見明月當空，才發覺已經入夜了。

那聲響越來越明顯，他分辨出是馬蹄聲，覺得有些詫異，不禁提高警覺，起身往聲響處望去。果然沒多久，他就看見一人騎著馬，從路的盡頭狂奔而來。

這一夜月色明亮，馬背上的人從很遠的地方就瞧見有人呆立在路邊，不知道要逃命，因此一路張嘴大喊：「老虎來了！快跑！快跑！」

兩人錯身而過的時候，馬背上的人沒料到那路人不但沒有往前逃命，反而還向自己身後那隻猛虎奔去，驚得立即勒馬停住，轉身喊著：「小夥子，你不要命啊！你——」

但隨後映入眼簾的景象，實在讓他瞠目結舌。因

為他見那小夥子身手矯健的避開猛虎的撲咬，一個翻身，揪住猛虎的脖子揮拳就打，毫不手軟。那猛虎被打得疼痛而大聲吼叫，聲震山林，讓人聽了就毛骨悚然。

沒多久，猛虎怒吼聲漸漸停歇，只剩下上氣不接下氣的微弱哀鳴聲。

「哈哈哈，痛快！看你以後還敢不敢傷人！」薛仁貴一鬆手，老虎便拖著疲軟疼痛的身子竄入樹林，不見蹤影了。

「好身手啊！」馬背上的人拍掌讚嘆，然後翻身下馬，走到薛仁貴面前，說：「小兄弟，謝謝你囉！」

「沒什麼！」薛仁貴擺擺手不以為意。他已睡飽，而且現在月色正明亮，於是轉身拾起包袱，準備離開。

那人見薛仁貴就這麼瀟灑的走了，立刻叫住他：「小兄弟，你等一下！」

聽到叫喚聲，薛仁貴停下腳步，疑惑的望向那人，問：「還有什麼事嗎？」

「小兄弟，你有這麼好的身手，為什麼不去投軍呢？」怕薛仁貴不知上哪兒投軍，他還詳細說明：「現在朝廷派人到龍門縣募兵，你應該去試一試。」

「我已經去試過了，而且不只一次，可惜不但不

被錄用，還差點送了命。」

那人一臉詫異的問：「為什麼？難道——你闖了什麼滔天大禍嗎？」

「我闖了什麼滔天大禍？哈哈哈……」

薛仁貴先是像聽了個天大笑話般放聲大笑，才萬分苦澀的說：「我什麼芝麻綠豆大的禍也沒闖，只不過是穿了一身白衣和名字裡有個『貴』字罷了！」

「啊？什麼意思？小兄弟，你在打什麼啞謎啊？」

「打啞謎的人不是我，是那個叫張士貴的將領。」提起這事，薛仁貴還是十分憤怒和不平，便將兩次投軍的經過，概略的說給那人聽。

那人聽了，氣呼呼的說：「張士貴這個兔崽子是怎麼辦事的，真是胡搞瞎搞！小兄弟，來，你拿這令箭去，張士貴見了絕對不敢再為難你。」

薛仁貴露出質疑、不相信的神情，讓那人深受打擊，立刻大呼小叫：「我鄭重的告訴你這嘴上無毛、有眼不識泰山的毛頭小子，我可是大名鼎鼎的魯國公程咬金，那張士貴見了我，還得畢恭畢敬的跟我問安呢！你說，我的話他敢不聽嗎？」

「魯國公程咬金？」薛仁貴這時才細細打量起那人，只見他頭戴金盔、身穿蟒袍、腰圍金帶，似乎真

薛仁貴征東

是個皇親國戚。

　　程咬金看薛仁貴還是不相信的樣子，便將皇上為何決定領兵東征討伐逆賊蓋蘇文，和自己奉旨到各地催辦糧錢的經過，詳詳細細的跟薛仁貴說明。薛仁貴這才相信他真是個大將軍，更是個位高權重的王爺。

　　望著手上的令箭，薛仁貴原本沉重沮喪的心立刻活躍了起來，他怕這一切只是一場空，小心翼翼的再次確認：「有了這支令箭，張士貴就不敢再為難我？」

　　「沒錯！」

　　當下，薛仁貴覺得手上的令箭如同開啟成功的鑰匙，讓他的未來充滿了希望和光明。他滿懷感激，亢奮的說：「大將軍，謝謝您！如果我此次投軍成功，一定會竭盡所能的奮勇殺敵，盡忠報國，以報答您的知遇之恩。」

　　「好！希望日後東征凱旋歸來，皇上在朝廷上論功行賞時，我能見到你。」

　　「會的，我一定會讓您看到我。」薛仁貴自信滿滿的承諾。

　　薛仁貴急著去開啟人生的

另一扇門，不願再蹉跎任何時光，便立刻向程咬金行禮道別：「大將軍，在此先跟您告別，後會有期！」

「後會有期！」

兩人道別後，雀躍的薛仁貴邁開大步，快速的往總府衙門奔去；程咬金則翻身上馬，準備繼續去催辦錢糧。

狂奔一段路後，程咬金忽然勒馬停住，搔著頭苦惱的自言自語：「啊──我怎麼忘了問那有趣的小兄弟叫什麼名字呢？」

眨眼間，他卻又恢復樂觀的說：「唉呀，不知道姓名沒關係啦！反正以他的身手，必能從三十萬義軍中脫穎而出，到時候再問他不就好了嗎？哈哈哈，我程咬金真是越老越聰明啊！」

他再度放鬆韁繩，駕馬狂奔，往下個目的地奔去。

薛仁貴到達總府衙門外時，太陽早已東升，甦醒的大地一片生機盎然。

周青看到他，既詫異又驚喜，但想起他離開的原因後，不禁疑惑起來，昨日才與自己道別、打算返鄉的薛仁貴，怎麼才隔一夜就又回來了呢？難道是不服氣，想再跟張士貴鬥嗎？可是，民跟官鬥，哪裡鬥得過呢？這麼簡單的道理，聰明的他應該知道吧？還是——他已經氣昏頭了？

周青立刻上前將薛仁貴拉至一旁，焦急的說：「兄弟，你明知山有虎，為何卻偏要向這虎山行呢？你是嫌命太長了是不是？」

心情大好的薛仁貴忍不住跟好友耍起嘴皮子：「你放心，活再久我都不會嫌命太長。不過，我還不知你竟然是神算子，知道我昨夜『明知山有虎，偏向虎山行』，將那害人的白額虎痛扁一頓，真是大快人心啊！」

周青根本聽不懂薛仁貴在說些什麼，還以為他打擊太大，腦子不清楚了，所以才跑回來胡言亂語。

「你該不會又要來投軍吧？」

「兄弟，我不來投軍，那來這兒做什麼？」

「你——」周青說不出責備的話，卻忍不住搖頭嘆息：「唉，我真不知是該讚賞你這種越挫越勇的行為，還是該對你的愚勇嘆氣？」

「都不用。你只要恭喜我的好運道就好了。」

「好運道?」這下,周青真的確認一件事——薛仁貴的腦子不清楚了!要不然,怎麼會將張士貴的一再刁難當成是好運呢?

怕薛仁貴第三次投軍不成,反而把命給送掉,周青趕緊說:「兄弟,你別急,投軍的事我們再慢慢商議,你連夜趕路應該還沒吃早飯吧?我們先去找個地方填飽肚子吧!」

看到好友的真心相待,薛仁貴倍感窩心,不好意思再賣關子,立刻將昨夜的事一五一十的告訴周青。

周青聽完後,憂慮全消,眉開眼笑的拍著薛仁貴的肩膀說:「兄弟,真有你的,果然是『好運到』。恭喜你了!」說完便領著薛仁貴去見張士貴。

張士貴一看見薛仁貴握有程咬金的令箭,果然不敢再刁難,但他一肚子怒火,無處宣洩,於是暗自考慮後,露出「黃鼠狼給雞拜年」的笑容,說:「你是程將軍推薦的人,照理我應該看在程將軍的面子上,對你多多關照,給你一個不錯的職位。可惜目前義軍已招募得差不多,各軍職都有適當的人選了,只剩下火頭軍還缺人……唉,我只能百般無奈的讓你去那兒了。」

「你要我去當洗菜燒飯的火頭軍？」薛仁貴萬分詫異。

看見張士貴點頭，薛仁貴氣得想拂袖離去，卻被周青扣住手腕而無法行動。他疑惑的望著周青，看到周青眼裡的不贊同，只好壓下心中的憤怒，咬牙切齒的說：「將軍，我願意去當洗菜燒飯的火頭軍。」

第十章　擺龍門陣費思量

　　和一群火頭軍洗完全營的鍋碗瓢盆、整理好廚具後，薛仁貴和周青才得以歇息。他們跟著眾人來到營帳外數公尺處的一條溪流沐浴淨身，洗去一身的油膩和疲累。

　　當其他人洗好陸續回營後，薛仁貴一身清爽的坐在溪畔，望著天上皎潔的明月，忍不住問：「兄弟，你旗牌官做得好好的，幹嘛自願調來做火頭軍？」

　　周青躺在草地上，在陣陣夜風吹拂下，悠哉的閉目養神，眼睛睜也沒有睜，就開口回答：「盯著你啊！免得你那衝動的個性把你的小命給弄丟了，到時我怎麼向嫂子交代啊！」

　　「唉！原來是我拖累了你……」

　　「你若抱著這種萬念俱灰的態度，那才是真的拖累我。」

　　「我原本以為有了魯國公程咬金的推薦，從此可以一帆風順，沒想到還是遭到刁難。當初我們費盡心

思來投軍，想要馳騁沙場，立下彪炳功績，期待日後能飛黃騰達，榮歸故里。如今，我只是洗菜燒飯的火頭軍，怎麼可能出人頭地呢？」

「兄弟，大丈夫要能伸能屈，無論你心中有多少的不平，都把它當成一種磨練，讓它將你磨練得更加堅毅耀眼。機會是留給準備好的人，所以你別心急，別那麼快就灰心喪志，先定下心來，好好充實自己吧！」

「充實自己？」

周青坐起身，打開包袱，拿出一本書丟給薛仁貴，說：「今夜月光明亮，我們先讀點書再就寢吧！」

薛仁貴將書接住，低頭一看：「孫子兵法？」

「你我來投軍，都是以當上統領大軍的將帥為目標。既然如此，就不該讓自己像草莽武夫那樣有勇無謀啊！要不然，就算有一天我們僥倖當了將帥，卻衝動魯莽的做出錯誤決策，輕則害自己丟官喪命，重則賠上成千上萬士兵的寶貴生命，還害無數的黎民百姓

家破人亡、流離失所。因此，趁我們現在有空的時候，多熟讀各種兵法，日後有機會上戰場，才能制敵機先，視破敵軍的計謀，讓每一次交鋒都能大獲全勝。」

薛仁貴以敬佩的目光望著周青，說：「你說得真有道理。」

他馬上認真翻閱孫子兵法，可是才看沒幾頁，卻又忍不住抬頭討教：「兄弟，你我年紀差不多，為何待人處世上，你比我圓融知進退？為何面對不平和挫折，你能如此沉著呢？」

周青淡淡一笑，望著薛仁貴認真的回答：「因為我出外打拚多年，遇到挫折和不平早已是家常便飯。但，我告訴自己，每經過一事，我至少要長一智，絕不讓自己白白吃苦受罪、受委屈。無論遇到多少挫折，我都把它當成一種磨練，讓它成為我日後成功的墊腳石。」

薛仁貴聽了無比感動，衷心的說：「兄弟，受教了！」

從那天起，薛仁貴不再怨天尤人，只要有空就和周青一起切磋武藝和研讀兵法。

其他火頭軍看見他們武藝高強，紛紛向他們學習，畢竟多會一點武藝，到了戰場就多一分活命的機會。

況且，每個人的心裡都有成為大英雄的夢想，總希望多具備一些能力，好讓自己向夢想更邁進。

一日，張士貴接到指示，要他率領義軍到長安與其他軍隊會合，薛仁貴和周青便隨著軍隊離開熟悉的家鄉，踏上了不知歸期的東征之路。

到達長安後，薛仁貴和周青見到三十萬大軍的浩大軍容，無比震撼。當全體士兵齊聲吶喊：「踏平高麗國土！討伐逆賊蓋蘇文！宣揚唐朝國威！」兩人也跟著大喊，心中更是燃起了熊熊的鬥志。

過了幾天，三十萬大軍再次奉旨移師到山東登州府，等候風和浪平的好日子，渡海東征。

初次見到浩瀚無邊的大海，薛仁貴和周青都興奮不已，尤其是海邊一千多艘綿延不絕的戰船，更令他們驚奇的瞪大眼睛。

其中一名火頭軍看了這盛大的景象，卻皺起眉頭，疑惑的說：「哇！光看那翻來覆去的滾滾浪濤，我的頭都暈了，哪還能乘船渡海去東征啊？」

薛仁貴和周青互看

一眼，覺得這的確是個大問題，因為三十萬大軍中，大部分都是初次渡海，如果大家都暈船了，就算到達東遼，也無法作戰啊！

　　「這個問題的確需要好好思考，研擬對策。」薛仁貴和周青立刻有了共識，決定邊洗菜燒飯，邊想想對策，好試試自己的能耐。

　　但他們還沒想出對策，就聽說皇上為了要展現軍威，並觀察士兵和將領間的默契，要李世勣和將領們明天在沙灘上擺出個「龍門陣」。

　　深夜，薛仁貴和周青洗完餐具，回到二十多人睡覺的營帳，在此起彼落的打呼聲中，小聲討論著。

　　「看了那麼多兵書，我只看過『一字長蛇陣』、『二龍出水陣』、『天地人三才陣』、『四門都底陣』、『五虎攢羊陣』、『六子連房陣』、『七星陣』、『八門金鎖陣』、『九瑤星官陣』、『十面埋伏陣』等，卻沒看過『龍門陣』，那是什麼陣法呢？」薛仁貴望著營帳頂端，努力思索著。

　　同樣認真思考的周青說：「我也沒看過。會不會是皇上要考驗將帥們的布陣能力，要他們創出一個新的陣法？」

　　「有可能。」薛仁貴也這麼想，接著充滿期望的

說：「真想明天去瞧一下，看看將帥們擺出的龍門陣，究竟是個什麼樣厲害的陣法？」

「我也很想去看。可是，別忘了，全營士兵的肚皮全靠我們這些火頭軍填飽啊！」

「你們去看沒關係，洗菜燒飯的工作交給我們就好了！」

聽到聲音，薛仁貴和周青嚇了一大跳，轉頭一看，才知原來還有五、六個火頭軍尚未入睡。

「你們……」

薛仁貴和周青的話還沒說完，就被年紀較長的阿志給打斷了：「唉呀！你們別再囉囉唆唆了，這事就這麼決定。記住，你們兩個要把龍門陣看個仔細，回來後再一五一十的說給我們聽。」

「對！」其他火頭軍異口同聲的說。

薛仁貴和周青開心承諾：「好！」

「現在大家都睡吧！養足精神明天好辦事。」阿志又說。

「是。」大家紛紛躺回自己的床位。

薛仁貴和周青相視一笑，心中充滿感激，在大夥此起彼落的打呼聲中，漸漸入睡。

第二天，在其他火頭軍的掩飾下，薛仁貴和周青

偷溜去看<u>李世勣</u>所擺的龍門陣，不料，卻越看越覺得不對勁。

「這是『龍門陣』嗎？我怎麼覺得像裝了四隻腳的『長蛇陣』呢？」<u>薛仁貴</u>疑惑的說。

<u>周青</u>看了看說：「你的判斷沒錯，看來元帥和所有將領擺不出龍門陣來，拿裝了四隻腳的長蛇陣來欺瞞皇上。你看，皇上也看出不對勁，已經氣呼呼的回到御營去了。」

「龍門陣真的那麼難擺嗎？」<u>薛仁貴</u>問。

<u>周青</u>想了一下，反問：「如果是你，擺得出龍門陣嗎？」

「我？作戰經驗老到的將帥們都擺不出來，我怎麼可能會擺？」

「難說。別忘了，兵書上那些陣法，也是由人編出來的。凡事總有第一次，而機會是屬於準備好的人的。」

<u>薛仁貴</u>想了想，認同說：「你說得有理，我來擺擺看。」

這一天，看完龍門陣回到軍營的<u>薛仁貴</u>，無論是在

洗菜燒飯或是洗刷廚具，腦海裡一直想著如何布陣，一有疑惑就和周青討論，兩人邊做事邊商討，認真到幾乎忘了其他人的存在。其他火頭軍也不插嘴打擾他們，因為他們知道兩人若討論出結果，絕對會跟大家分享，不會藏私。

夜深人靜時，火頭軍們已經相當疲累，卻一反常態的沒立即入睡，因為，他們正津津有味的聽著薛仁貴和周青講解他們所研討出來的龍門陣。

這時，從張士貴營帳出來的何宗憲，正為了擺不出龍門陣而煩惱不已。他走著走著，看見火頭軍的營帳仍亮著燈火，便前去一探究竟。

他猛力拉開營帳，怒聲質問：「你們這些火頭軍，三更半夜不睡覺，在賭博是不是？」

火頭軍們嚇了一大跳，連忙否認：「不是！不是！我們沒有賭博。」

何宗憲掃視一下，沒看到賭具，確認他們的確沒有在賭博，接著問：「沒有賭博，那你們在做什麼？意圖謀反嗎？」

火頭軍們嚇得急忙否認：「不、不、不！我們沒有謀反，我們只是在討論如何擺出龍門陣而已。請何副將明察啊！」

「憑你們這群目不識丁的火頭軍，也能擺出龍門陣？」何宗憲露出輕蔑的笑容，但看到眾人中間那張畫滿布陣方式的紙張後，臉色大變，立刻質問：「這是誰畫的？」

「我！」薛仁貴馬上承認，雖然最終結果是他和周青討論出來的，但大部分是他的想法。他見情況不妙，便決定獨自承擔，不想連累大家。

「來人啊！將薛仁貴押去見張將軍！」何宗憲生氣下令。

火頭軍們見薛仁貴被押，嚇了一大跳，他們沒料到討論個龍門陣，也能惹出禍端。

見薛仁貴要被押出營帳，周青正想挺身共患難，出面承認他也有參與，卻見薛仁貴對他搖頭示意，要他別出面。周青心想，萬一這次薛仁貴真的出事，必須有人想法子營救，便忍了下來。

於是，火頭軍們只能焦急的望著薛仁貴被押出營帳，消失在漆黑的夜色中。

薛仁貴征東

第十一章　替人作嫁累經驗

何宗憲押著薛仁貴來到張士貴的營帳外，吩咐士兵在帳外等候，他先獨自進入營帳去見張士貴。

「岳父，你看！」

張士貴看了那張龍門陣的布陣圖後，開心的說：「宗憲，你想出來了！那明天我們不但不用擔心會被軍法懲戒，還立下大功啊！」

原來，這天李世勣和眾將領擺不出龍門陣，便想用加了四隻腳的長蛇陣矇騙過關，沒想到卻被唐太宗識破，氣得要嚴懲李世勣和眾將領。後來，在袁天剛等大臣求情下，才答應再給他們一次機會，要他們隔天一定要擺出龍門陣來將功贖罪，要不然就以軍法問罪。

但是，到了深夜，李世勣和眾將領已累得筋疲力盡，仍擺不出龍門陣。

萬不得已，李世勣命張士貴負責，理由是張士貴既然說自己的女婿是皇上夢中的白袍小將，那麼他們

俩必能擺出龍門陣。

　　這理由叫<u>張士貴</u>有苦説不出，只好領命回營帳和<u>何宗憲</u>苦思良策，無奈過了半夜仍想不出來。沒想到<u>何宗憲</u>才出去逛了一下就想出來了，讓他喜出望外。

　　「岳父，這不是我想出來的。」<u>何宗憲</u>面露羞愧，然後將實情告訴<u>張士貴</u>。

　　「有這回事？」<u>張士貴</u>萬分吃驚，立刻走出營帳，雙眼緊盯著<u>薛仁貴</u>問：「這龍門陣是誰教你的？」

　　「沒有人教，是我自己想出來的。」

　　「喔？」<u>張士貴</u>確認<u>薛仁貴</u>沒有説謊，想起他來投軍時一身白袍，如今又展現驚人的布陣能力，心裡不禁暗自思量：「難道他真是皇上夢中的白袍小將？萬一他是，那──我要不要向皇上舉薦呢？」

　　自私的<u>張士貴</u>悄聲問<u>何宗憲</u>：「看了布陣圖後，你擺得出龍門陣嗎？」

　　<u>何宗憲</u>驚慌的搖頭説：「擺不出，我還沒弄懂其中的奧妙。」

　　「這樣啊……」<u>張士貴</u>想了想，

立刻要士兵將<u>薛仁貴</u>鬆綁，然後對他說：「<u>薛仁貴</u>，你能想出龍門陣，的確非常厲害。但以你一個火頭軍的身分要發號施令，恐怕將士們會不服，那麼就算你有再好的布陣圖，也只能淪為紙上談兵。不如……」

<u>張士貴</u>在<u>薛仁貴</u>耳邊說了他的計謀，<u>薛仁貴</u>先是愣一下，仔細思考了一會兒，最後還是點頭答應。

於是，<u>張士貴</u>依照<u>薛仁貴</u>的布陣圖，叫人連夜搭建所需的設備。第二天一早，他還派了七萬人馬交給<u>薛仁貴</u>指揮。

但，這天<u>薛仁貴</u>並不是穿著火頭軍的服裝，而是穿戴著<u>何宗憲</u>的鎧甲和頭盔，佩帶<u>張士貴</u>的斬軍劍，走上將臺去布陣。不到半天，他不但將龍門陣給擺好了，還演練得十分熟練。

<u>李世勣</u>和眾將領都非常高興，趕緊去奏請<u>唐太宗</u>出來觀看。

<u>唐太宗</u>走出御營，和大臣們站在高處觀看整個龍門陣的布陣始末。

觀看過程中，<u>唐太宗</u>頻頻點頭，非常滿意，笑呵呵的問：「站在將臺上布陣的那位白衣小將是誰？」

<u>張士貴</u>立刻上前，睜眼說瞎話：「啟奏皇上，是末將的女婿<u>何宗憲</u>。」

唐太宗望著臺上那位頗有大將之風的白衣小將，覺得那身影的確很像何宗憲，便讚許的說：「人家是『虎父無犬子』，你們是『賢丈無弱婿』。好，有賞！」

　　「謝主隆恩！」張士貴開心的謝恩，並覺得自己這個「移花接木」的方法，真是高招啊！

　　於是，原本該讓薛仁貴嶄露頭角的龍門陣，在張士貴的謀略下，成了何宗憲的大功勞。

　　薛仁貴布完龍門陣後回到軍營，受到火頭軍們英雄式的歡迎。

　　他將張士貴所賞賜的數罈好酒分享給大家，然後帶著一罈酒走到營帳外數尺處的草地，坐在大石上，邊喝酒邊望著天邊弦月，沉浸在白天統領大軍的成就感中……

　　「看你的神情，似乎對自己白天的表現相當滿意？」

　　「嗯。」

　　不用轉頭，薛仁貴也知道來到身邊的人，是他可以傾訴祕密的好兄弟——周青。

　　薛仁貴接著說：「你知道嗎？投軍以來，我雖然每天冀望自己能出人頭地，能統馭千軍萬馬，卻從來沒料到真的有實現的一天，更沒想到這一天會這麼快

就來臨了。這種感覺飄飄然，好像漫步在雲端般不踏實……」

「即使你的辛苦付出，是替他人作嫁，功勞歸他人所有也無所謂？」

薛仁貴苦笑著說：「這也是沒有辦法的事，誰叫我是無足輕重的火頭軍呢！」

「那就想辦法讓自己『舉足輕重』吧！」

薛仁貴困惑的看著周青，心中有所領悟卻又不太明白。

迎著清涼夜風，周青淡淡的說：「你別妄自菲薄了！凡走過必會留下痕跡，就算你的功勞被別人惡意奪走，但你的智慧和經驗是別人怎麼也奪不走的。所以別想太多，繼續努力朝你的目標前進吧！」

「嗯。」薛仁貴堅定的點頭。

「還有，我已經跟大夥兒叮嚀，你代替何副將擺龍門陣之事，千萬不可外洩，以免招來殺身之禍——你也一樣。」

周青的話讓薛仁貴愣了一下，隨即醒悟，說：「還是你思慮周密。哈，我本來還飄飄然，像漫步在雲端，你這些話卻讓我立刻從雲端墜入了人間。」

　　「恭喜你『毫髮無傷』的回到『人間』。不過，既然是『人』，還是好好在『人間』待著吧！」

　　薛仁貴露出會心一笑，說：「我會謹記在心！」

　　過了幾天，唐太宗想知道將帥們對征東有何良策，要他們研商後上表進奏。眾將帥在領兵打仗方面雖然很在行，然而要他們寫出一篇像樣的文章，卻像登天一樣難。將帥們覺得何宗憲既然能擺出龍門陣，那他必定是個文武雙全的人，寫出一篇好文章應該不成問題，便要他全權負責。

　　這可把何宗憲給嚇壞了，趕緊找岳父張士貴共商對策。

　　張士貴的對策很簡單，就是找薛仁貴代筆，再用一次移花接木的法子。於是張士貴又找薛仁貴幫忙寫一篇平遼論。

　　薛仁貴當然知道此次依然是替人作嫁，但他沒有拒絕，也不想敷衍了事，反而還認真投入，要求張士貴提供完善的東遼地圖，以便擬定妥善的征遼策略。對於他的這個要求，張士貴當然不會拒絕，連忙找來

最完善的地圖。

　　拿著難得的<u>東遼</u>地圖，<u>薛仁貴</u>和<u>周青</u>如獲至寶，兩人詳加研究，並將它仔細烙印在腦海裡，希望將來到了<u>東遼</u>作戰時，能派得上用場。

　　<u>薛仁貴</u>寫出的平遼論獲得皇上的讚許，雖然這個功勞又歸於<u>何宗憲</u>，但<u>薛仁貴</u>覺得自己的收穫更大，因為整個<u>東遼</u>地圖已經深深烙印在他腦中，這可比什麼賞賜都珍貴。

　　<u>張士貴</u>知道<u>薛仁貴</u>是個難得的人才，卻又不想讓他鋒芒外露，為了籠絡他，<u>張士貴</u>特別升他為火頭軍頭兒，管理所有火頭軍。

　　對此，<u>薛仁貴</u>沒有特別的感覺，還是跟著大夥兒一起洗菜、燒飯，不擺任何架子，況且──他覺得火頭軍頭兒沒有什麼好威風的。

　　一天清晨，<u>薛仁貴</u>熟練的將洗好的米放在鍋裡悶煮，轉身要幫<u>周青</u>洗菜時，<u>周青</u>卻開口拒絕：「兄弟，你別老是做這些枝微末節的事！你現在好歹是個頭兒

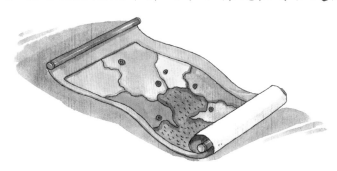

了，該做些頭兒該做的事吧？」

「火頭軍的頭兒算什麼頭兒，能做什麼事？」薛仁貴苦笑問。

「能做的事可多呢！」

薛仁貴實在想不出小小的火頭軍頭兒，除了在鍋碗瓢盆、爐灶飯菜裡打轉外，還能做什麼事，便接著問：「例如什麼事？」

「例如想想如何培養大家的默契，讓三餐的準備更有效率、更省時。節省下來的時間，再教導弟兄們槍法、刀法、陣法，讓他們成為一支剽悍的軍隊，進可上場殺敵，立下汗馬功勞；退可安身護命，保住自己的人頭。」

「對！對！對！」一旁的火頭軍們頻頻點頭，說：「頭兒，周兄弟說得對極了！你趕快去好好規劃吧！」

薛仁貴想了一下，說：「兄弟，你也一起來吧！你的智謀足以賽諸葛，可以提點我思慮不周的地方，免得我獨斷獨行，耽誤了大家。」

火頭軍們立刻拿走周青正在清洗的蔬菜，說：「這些小事我們來就好了。但，我們光明美好的未來就靠你們了！」

薛仁貴和周青相視一笑，再轉頭向著所有火頭軍，

朗聲承諾：「我們一定會盡力而為，絕不讓大家失望。」

　　從那天起，火頭軍們在薛仁貴和周青的訓練下，彼此的默契越來越好，武藝越來越精湛，陣法也越來越熟練，大家都對這樣的結果相當滿意，期待大展身手的一天趕快到來。

第十二章 瞞天過海到東遼

在一個風平浪靜的好日子，<u>唐太宗</u>決定親自統領三十萬大軍渡海東征。

出發時，戰鼓「咚咚咚」的敲擊出磅礡的氣勢。

<u>唐太宗</u>和大臣們同乘一艘龍船，船上旗幟飄揚，好威風啊！

三十萬大軍、戰馬和糧草分乘在一千多艘的戰船上，緊緊跟隨在龍船之後，浩浩蕩蕩的從港口出發，非常壯觀。

誰知，他們才航行三天，海上就突然起了風暴。

剎那間，滔天巨浪翻滾，所有戰船也隨著洶湧的波濤劇烈搖晃，船上的士兵和戰馬站立不穩，紛紛跌倒；龍船中的文武官員也連滾帶爬，叫苦連天，<u>唐太宗</u>更是摔了好幾個跟斗，嚇得面如土色。

好不容易撐到風浪稍微平靜，劫後餘生的眾人正鬆口氣時，卻聽到<u>唐太宗</u>下令要船隊返航，讓大家錯愕不已。

「皇上……」

心有餘悸的唐太宗，不想聽任何諫言，獨斷的說：「諸位愛卿不必多言！從此地到東遼，路途遙遠，海浪又詭譎多變，必須要有更周詳的計畫才行。返航！」

皇命難違，因此三天後，船隊回到了山東登州府。

然而回到登州已經一段日子了，唐太宗還是按兵不動，只是操練軍隊，不提渡海東征的事，這可把征遼大元帥李世勣給急壞了。

三十萬兵馬每天耗費的糧草非常驚人，加上東征日期一直沒有確定，軍隊的士氣越來越低迷，如何上戰場打仗呢？但唐太宗被風浪嚇得躊躇不前，就算他冒死直諫，唐太宗也未必聽得進去。

「這……該怎麼辦呢？」

李世勣靈機一動，決定將這個難題交給最近表現不錯的何宗憲。

這次何宗憲沒有嚇壞，反而相當「胸有成竹」，因為他相信薛仁貴一定會有好法子。

薛仁貴的確已經想到辦法，因為他和周青剛抵達登州的時候，就針對此事討論過好幾次，再加上三天海上航行的經驗，更讓他們體會到大海的遼闊無邊，及人漂泊在海上時對陸地的渴望。因此，當何宗憲、

張士貴再來找他幫忙時，他早有應對的良策，而且毫不保留的都告訴他們。

何宗憲、張士貴聽了薛仁貴的方法後，樂不可支，隨意嘉勉幾句就離開了。

望著何宗憲、張士貴的身影融入墨黑的夜色中，薛仁貴不由得深深的嘆了一口氣。

第二天一早，何宗憲和張士貴精神抖擻的去向李世勣報告：「經過一夜的苦思和商量，我們終於想出一個『瞞天過海』的計策來。」

「瞞天過海？」

何宗憲立刻侃侃而談：「皇上懼怕風浪，不願再乘船渡海，所以現在必須用計謀瞞住皇上，讓他在不知不覺中，安然渡海到達東遼……」

早為此事苦惱許久的李世勣，不耐煩的插嘴說：「這個我早就知道，所以才要你們想對策啊！你們不必再在此事上多費唇舌，直接說明什麼是瞞天過海的計策就好了。」

何宗憲怕再被責罵，馬上進入主題，說：「所謂瞞天過海，就是我們找木匠用樹幹搭建一艘巨大的船，並在船上興建城池。城池內外還要有一些房子，房子周圍的地面要鋪起厚厚的砂土，種上綠草、樹木。然

後再在城池中央搭建一座三層樓高的樓閣，為了讓皇上心安，這座樓閣就叫『無風閣』好了。最後，讓士兵裝扮成城中居民，在其中活動。

「當這艘船建造完成後，我們先找人將它開到海上，讓它成為通往東遼途中的『海上之洲』，再請善觀天象的袁天剛大人找個風和日麗的好日子，向皇上保證海面絕對風平浪靜，讓皇上安心上船。

「等皇上上船後，若海上起了風浪，皇上就可以棄船進到這座『城』裡躲避風浪，而我們也能繼續開這艘船往東遼前進。等快到東遼，我們再向皇上稟明一切，那時距離東遼已經不遠，皇上絕對不會想要回航⋯⋯」

「這法子好，就這麼辦！」李世勣大聲叫好，立刻派人暗中進行。

等一切整備就緒，眾人便按照計畫行事。

一日，袁天剛向唐太宗說：「陛下，臣已經觀察過天象，算出最近的風勢會轉向，有半年的時間不會有狂風巨浪。請問是否趁此機會啟航東渡呢？」

唐太宗雖然畏懼風浪，但他一向相當信任袁天剛，何況一直待在登州按兵不動也不是辦法，便說：「真的嗎？那我們就出發吧！」

大夥兒奉旨啟程，再次浩浩蕩蕩的乘船往東遼前進。

沒想到航行數日後，海上起了點小風浪，唐太宗像驚弓之鳥一般，擔憂的說：「這恐怕是風暴將近的徵兆。為了避免重蹈覆轍，我們還是盡速回登州好了！」

袁天剛連忙拿起地圖假意觀看，說：「陛下不用擔心。地圖上標示前面不遠處有一座小島，船隊可以在那裡停泊避風。」

「咦，這地圖是否有錯？若這附近有陸地，上次航行時怎麼沒看到？」

「上次航行時氣候不佳，所以沒有留意到。」袁天剛說得有點心虛。

「是嗎？」唐太宗心中仍然有些質疑。

聽見皇上又想回登州的李世勣退出船艙，在甲板上焦急的向遠處眺望，期望趕快見到他親自監工打造的「小島」。

當那片熟悉的「陸地」出現在視線中的時候，他興奮的衝進船艙，大喊：

「啟奏陛下，前方有座小島，我們可以在那裡靠岸避風。」

「真的？」唐太宗愣了一下，問：「那座小島是否

歸朕管轄？」

「啊？什麼？」

見李世勣被問住，袁天剛怕事跡敗露，馬上插嘴：「陛下，臣查過地圖，這座小島歸朝廷管轄，陛下可以在那兒避避風浪。」

唐太宗雖然覺得事情有些奇怪，但為了讓兩腳能盡快踏上陸地，便欣然同意。

當船一停穩，唐太宗和文武官員立刻上岸，「居民們」一聽到皇上大駕光臨，紛紛跪倒在地，恭迎聖駕。

唐太宗看到居民們穿著唐朝的服飾、說著唐朝的話語，終於安下心來。精神一放鬆，他突然覺得有些疲累，便問：「這兒有什麼地方可以讓朕好好休息一下？」

其中有一位白髮長鬚的居民回話：「啟稟皇上，這兒有一處『無風閣』，環境非常清幽，皇上可以在那裡好好歇息。」

唐太宗非常滿意「無風閣」這個名字，笑著說：「那就勞煩老人家帶路了。」

到了無風閣，唐太宗發現此處幽雅無比，非常歡

喜，便坐下歇息。

　　居民們立刻送上香醇美酒和美味佳餚，讓唐太宗龍心大悅。幾杯美酒下肚後，他便忘記大海的風浪了。

　　見唐太宗沒有起疑，李世勣和眾大臣心頭的大石才得以放下。

　　這瞞天過海的計策，果然讓唐太宗在不知不覺中，安然渡海到達東遼。

薛仁貴征東

第十三章　旗開得勝屢建功

　　瞞天過海計策的成功，讓張士貴和何宗憲兩人樂不可支，因為他們不費吹灰之力，就能在功勞簿上再添一筆。

　　張士貴明白「要馬兒好，偶而還是要餵馬兒吃些草」的道理，因此，當他無意中得知薛仁貴喜歡穿白袍，便施恩似的特許薛仁貴行軍作戰時可穿白袍，不用穿火頭軍的服裝，甚至還送薛仁貴銀白色的鎧甲和頭盔。但是，他對薛仁貴這麼友好，其實是別有用心的，說穿了，就是方便他繼續行使移花接木的奸計。

　　當唐太宗和眾大臣還在「海上之洲」過著舒心愜意的日子時，作為開路先鋒的張士貴早已奉命，領了十萬兵馬前往高麗獅子口的黑風關。

　　獅子口是一條水路，高山峻嶺夾在兩旁，一次只

容一艘船進出，上岸後便是高麗了。

黑風關就在獅子口上游附近，是高麗邊界的重要關防，由大將戴笠篷率領通曉水性的三千番兵守關。當他們得知數百艘唐朝戰船往獅子口前來，不屑的說：「這些唐軍真笨啊，竟然不遠千里來送死！」

戴笠篷立刻下令，要番兵一人一艘小船，一手拿槳，一手執刀，划到海中散開，自己則另外帶人潛入水中準備鑿船，等唐朝戰船被鑿穿、弄翻，小船上的番兵就可以把落水的唐軍送上西天了。

見獅子口就在眼前，老謀深算的張士貴命令薛仁貴率領五十個火頭軍，分別搭乘五艘小船，進入獅子口查探，以便了解敵人的實力。

薛仁貴等人的船一靠近獅子口，就看見四周有許多小船慢慢向他們逼近，立即全員戒備。

忽然，站在船頭的周青輕拍薛仁貴的肩膀，用眼神向他示意。薛仁貴循著周青的視線看過去，發覺海中有數個人頭忽隱忽現，漸漸游近，心中立刻會意過來。

「這些傢伙竟想鑿穿我們的船，讓我們翻船落水！」薛仁貴沉聲說。

「那我們就先下手為強吧！」周青冷靜的說。

「好！」薛仁貴下令火頭軍們拿出弓箭，站在船頭等待，只要看見敵人從水中探出頭，立刻將箭射出。

一陣箭雨過後，包括番將戴笠篷在內的許多番兵，紛紛被射中，當場斃命。剩餘的番兵見主將被射死，不知該怎麼辦，只好趕緊往回划，上岸逃命。

張士貴收到薛仁貴傳來的捷報，高興的率領大軍進攻黑風關，沒想到關內的番兵早就逃得無影無蹤。因此，張士貴輕而易舉的占領黑風關，並豎起唐朝的旗號。

張士貴決定趁勝追擊，除了留下一些官兵在黑風關駐守，其餘大軍繼續向東前進。

花了三天三夜的時間，唐軍來到了東海岸。

高麗國派駐在這裡的守將叫彭鐵豹，是個力大無窮的人。他有兩個兄弟，一個叫彭鐵彪，一個叫彭鐵虎，負責駐守後關金沙灘。

當彭鐵豹接獲戴笠篷被唐軍射死的消息後，相當憤怒，除了派人到首都越虎城通報狼主外，並決定「以牙還牙」，親自率領三千番兵到海邊備戰。

這次薛仁貴依舊被張士貴派來

打頭陣，當他一看到岸邊的情形，判斷番兵準備放亂箭，馬上下令：「大家舉起盾牌擋箭！準備上岸殺敵！」

他話還沒說完，岸上的箭已經紛紛射來，鄰近岸邊的戰船皆籠罩在箭雨當中。

眼明手快的薛仁貴左手立刻拿起盾牌護身，右手揮舞著方天畫戟將亂箭打下，救了許多手腳較慢的同袍，並在周青和火頭軍們的掩護下，奮勇向岸上衝去，殺了不少放箭的番兵。

彭鐵豹見薛仁貴竟然能穿越箭雨衝上岸，感到相當驚訝。他見己方士氣受到影響，便拿起方天畫戟衝到薛仁貴身後，用力一刺，薛仁貴轉身一擋——「鏘！」兩人的武器碰撞在一起，發出巨大的金屬撞擊聲，眾人差點因此耳鳴，而兩人握住武器的虎口，更因猛烈的撞擊而感到陣陣麻痛。

幾個回合下來，自視甚高的彭鐵豹想不到自己竟然打不贏一個小小的唐兵，不由得心浮氣躁了起來，一個不留神，動作頓了一下，便被薛仁貴給刺死。

番兵們見主將已死，軍心渙散，逃的逃、降的降，東海岸便被薛仁貴等人打了下來。

張士貴聽到薛仁貴再傳捷報，高興的率領大軍上

岸接管東海岸，換了<u>唐朝</u>旗號，等候<u>唐太宗</u>駕臨。

而得知自己中了瞞天過海計策的<u>唐太宗</u>，雖然沒有發怒，卻始終繃緊著臉，相當不悅，讓<u>李世勣</u>、<u>袁天剛</u>等大臣們個個心驚膽跳，深恐<u>唐太宗</u>嚴懲他們。直到前方傳來捷報，<u>唐太宗</u>才露出笑容，這可令大臣們鬆了好大一口氣啊！

當<u>唐太宗</u>一行人及二十萬大軍到了東海岸，<u>張士貴</u>和<u>何宗憲</u>立刻出關迎接。

進關之後，<u>唐太宗</u>笑著說：「<u>張</u>將軍，你將這兩次進攻的經過，說給朕聽聽。」

「遵旨。」

<u>張士貴</u>信口開河、口沫橫飛的述說<u>何宗憲</u>遵從他的絕佳戰略，如何箭射<u>戴笠篷</u>，辛苦攻破<u>黑風關</u>；又是如何戟刺<u>彭鐵豸</u>，驚險打下東海岸。<u>唐太宗</u>聽了很高興，要<u>李世勣</u>在功勞簿上再記上兩筆。

第二天，<u>唐太宗</u>下令<u>張士貴</u>和<u>何宗憲</u>趁勝追擊，繼續攻打<u>金沙灘</u>。

領了皇令的<u>張士貴</u>，派出<u>薛仁貴</u>和那群作戰神勇的火頭軍，不但破了<u>金沙灘</u>，殺了<u>彭鐵彪</u>、<u>彭鐵虎</u>二人，還一路打到<u>思鄉嶺</u>，戰無不克。

<u>唐太宗</u>領著大軍來到<u>思鄉嶺</u>，除了對屢建奇功的

張士貴、何宗憲大大獎賞外，更要李世勣在功勞簿上再記上兩筆，以便班師回朝後論功行賞。

李世勣翻開功勞簿，對於張士貴和何宗憲優異的表現不禁感到疑惑：「他們倆雖然是不錯的將領，幾年來也建了一些戰功，但和他們共事這麼久，從沒見過他們像這次東征一樣神勇。這是怎麼一回事？為何才去了一趟山西，他們就改變這麼多？還是——立功者另有他人？」

心中雖然懷疑，但因沒有證據，李世勣也只能要求自己多加留意，免得埋沒了真正的人才。

第十四章　初嘗敗績意志沉

張士貴得到唐太宗大大獎賞，喜不自勝的回到營中。為了讓火頭軍們繼續奮勇殺敵，為他效命，他騙火頭軍們說：「你們到東遼後所立下的戰功，我已經一一向皇上稟報，皇上要我先好好嘉勉你們，日後班師回朝再論功行賞。」

除了口頭嘉勉外，張士貴還特地提供許多美酒和佳餚犒賞他們。而終於受到肯定的火頭軍們，個個笑得嘴巴都快合不攏了。

他們一邊開懷暢飲、大口吃肉，一邊意氣風發、高談闊論。天馬行空談了許久後，談到了他們接下來所要面臨的戰役——攻下天山。

「我們接下來要攻打的地方是天山，聽說那兒地形險峻，易守難攻……」

「我也聽說天山上布滿了密密麻麻的刀山劍海，除此之外，敵軍在山頭上面排著很多很多滾木，讓山下的人難以攻入……」

「我還聽說天山的統帥是遼龍、遼虎、遼王高三兄弟，有天山三王之稱……」

「對啊對啊！我聽說他們三人聰明絕頂，藝高膽大，厲害非凡，個個都是狠角色，我們要是一個不小心，可能就……」

有人越聽越覺得不是滋味，插嘴打斷他們的談論，說：「就什麼啊！你們這些人，少在那兒『長他人志氣，滅自己威風』了！」

「就是嘛！無論番兵番將再怎麼厲害，也會是我們的手下敗將！」

「沒錯！管他們什麼狠角色，都會是我們的手下敗將，因為我們火頭軍——」

「所向無敵！」火頭軍們信心十足的喊著，雖然是醉言醉語，卻也是他們的真心話。

薛仁貴和周青也開心的跟著大夥兒一起叫喊，因為火頭軍們在苦熬許久後，能有今日如此輝煌的戰績，讓他們倆非常有成就感。

第二天，再次擔任開路先鋒的張士貴，領著大軍在接近天山的地方紮營，然後派薛仁貴帶著火頭軍們去查探敵情。

火頭軍們原本想趁著查探敵情的機會，大展身手，

搶先立下戰功，可是當他們來到<u>天山</u>下，抬頭往山上一看，不禁有些膽怯，因為<u>天山</u>有幾千丈高，山壁陡峭難以攀登，僅有一條小路蜿蜒而上。另外，令他們覺得怪異的是，放眼望去，整座山看不到任何番兵番將。

<u>周青</u>忍不住感嘆：「這真是個易守難攻的要塞啊！」

「難攻也得攻！」<u>薛仁貴</u>豪氣萬丈，一點也不退縮。

「對，難攻也得攻！」其他火頭軍也熱血澎湃的跟著說，說完後才搔著頭，不好意思的問：「頭兒，那要怎麼攻啊？」

「簡單。直搗黃龍！」越來越有領袖風範的<u>薛仁貴</u>一說完便要騎馬往前衝。沒想到，<u>周青</u>卻一把拉住他。

「別輕舉妄動！」

<u>薛仁貴</u>不以為然的說：「兄弟，那什麼<u>天山</u>三王的，分明是擺個『空城計』來唬弄我們！如果我們心

生恐懼，就這麼不戰而退，豈不是中了他們的計謀？」

「萬一不是呢？」

周青的話讓薛仁貴愣了一下，他略加思索後，說：「不去試試，怎麼知道是不是呢？何況『不入虎穴，焉得虎子』啊！」

「這話雖然沒錯，但你有幾條命可以去試啊！」周青還是不贊同。

「一條就夠了！」

「你——」

薛仁貴朗聲一笑，循著小路快馬往山上奔去，其他火頭軍見了，也隨後跟上。

周青無奈的嘆了一口氣，趕緊跟了上去。

誰知才到半山腰，忽然聽到山上傳來轟隆隆的聲響，眾人抬頭一看，驚見一根根巨大的木頭滾落下來，聲勢嚇人，連大地也為之撼動。

薛仁貴回頭急喊：「撤！」

眾人立刻掉轉馬頭，往山下狂奔而去，可惜仍然比不上木頭滾落的速度。

薛仁貴看見這個情況，大聲急吼：「趕快下馬！找個能藏身的地方躲避！」

火頭軍們立刻翻身下馬，驚慌的四處找尋可以躲

避的地方。無奈陡峭的山壁連個可藏身的縫隙也找不到，眾人的心更慌更急了。

同時，薛仁貴也急忙下馬，用方天畫戟將逼近的滾木挑開。天生神力的他雖然挑開了幾根滾木，卻難敵連綿而來的滾木攻擊，不但震得雙手筋脈受傷，連胸口也因受到撞擊而口吐鮮血。

周青見了，不顧自身的安危，趕緊將他拉到路旁已成堆的巨木縫隙裡躲藏。

薛仁貴不停掙扎，想再去和滾木對抗，周青急忙制止他，怒吼：「你已經受了重傷，別再亂來！」

「可是大家……」

「大家都沒事，你不用擔心！」

轉頭瞧見火頭軍們雖然灰頭土臉，身上掛彩，卻不嚴重，而且都已找到安全的地方藏身，薛仁貴這才鬆了一口氣，癱倒在地。他緊閉雙眼，轟隆隆的滾木聲不只撼動他的雙耳，更撼動他的理智。久久，他才無比悔恨的說：「對不起……」

突然，大地一片靜寂，一陣風吹過都顯得異常響亮，此刻已無木頭滾落下來，四處靜悄悄的。過沒多久，卻從山上傳來陣陣得意的訕笑聲。

眾人又氣又窘，想立刻衝上山殺敵雪恥，卻又怕

遭受下一波攻擊。

　　在確定暫時無滾木攻擊後，<u>周青</u>當機立斷說：「我們先回營吧！」

　　「什麼？」這個決定讓未曾吃過敗仗的火頭軍們難以接受，尤其是<u>薛仁貴</u>。

　　「我們的一舉一動，敵人看得一清二楚；敵人有什麼計謀、有多少實力，我們卻一點也不知道。沒有知己知彼，我們就貿然進攻，早已犯了兵家大忌，更何況我們沒有對付滾木攻擊的良策，再往上衝，只是白白去送命罷了！」

　　「不過……」

　　「兄弟們，留得青山在，不怕沒柴燒啊！」

　　「可是……」眾人想到曾經誇下海口的他們變得如此狼狽，一定會被其他同袍取笑的。

　　<u>周青</u>看出他們的顧慮，勸導說：「大丈夫除了能伸外，還要『能屈』啊！」

　　眾人雖然覺得<u>周青</u>的話很有道理，卻依然不願回營，因為他們實在不想當這種「能屈」的大丈夫啊！

　　看見大夥兒身陷窘境，<u>薛仁貴</u>再次道歉：「對不起，是我太輕敵，害了大家！」

　　這句道歉讓眾人有些尷尬，因為往常<u>薛仁貴</u>一馬

當先，立下汗馬功勞，他們也跟著沾光，總不能現在遭遇挫折，就把所有過錯往薛仁貴身上推吧？他們才不會這麼沒良心呢！

眾火頭軍紛紛開口：「頭兒，這不能怪你啦！」

「何況，你為了救我們，還受傷了呢！」

「頭兒，如果沒有你捨身相救，說不定我們早就去見閻王了！」

「沒錯！沒錯！頭兒，這事你不必自責啦！」

「兄弟，大家並沒有怪你，你無須擱在心上。」周青安慰薛仁貴後，對眾人說：「此地不宜久留，大家還是趕快回營吧！」

「嗯。」縱然有再多的怒氣、再多的不願意，他們也只能將這次的失敗硬生生的吞下去。

回到軍營後，果然如眾人猜想，火頭軍們遭到許多等著看好戲的同袍取笑。張士貴聽到士兵回報薛仁貴和火頭軍們受傷歸營，趕緊走出營帳了解狀況。

當他看到薛仁貴身上的斑斑血跡時，便忍不住調侃：「唉呀呀！薛仁貴，我只不過要你帶著火頭軍們去查探敵情罷了，你怎麼把自己和大夥兒搞得這麼狼狽、這麼悽慘呢？你這個頭兒是怎麼當的呀？再說，你們火頭軍不是一向戰無不勝、攻無不克嗎？這次怎

麼會……」然後是一連串的嘆息聲。

張士貴的話，讓早已無比羞愧的薛仁貴更加窘迫不安，火頭軍們則是個個瞠目結舌的瞪視著張士貴，不懂昨日還對他們的表現讚嘆有加的長官，今日怎麼會因一次失敗就如此鄙視他們呢？

張士貴想藉此機會壓下薛仁貴和火頭軍們的鋒芒，故意說：「是我錯了，我不該對你們火頭軍期望太高。從今以後，你們還是乖乖的在鍋碗瓢盆、飯菜爐灶裡打轉就好，馳騁沙場、奮勇殺敵的艱難任務，就交給我們這群受過正規訓練的將士吧！」

「對！對！對！」士兵們大聲叫好，他們老早就對屢建奇功且態度日漸囂張的火頭軍們相當妒忌和不滿。

從那天起，火頭軍們又恢復他們原本的工作，只在營區料理將士們的三餐，不再上戰場打伏。對此，薛仁貴感到非常的歉疚，早已身受重傷的他也因此更加意志消沉，整個人就像高麗的嚴冬，毫無生氣。

第十五章　重整心情再出發

在薛仁貴療傷期間，張士貴為了證明自己的能耐，曾多次和何宗憲領兵討伐天山，結果不但鎩羽而歸，還折損許多官兵和將領，讓他們倆氣悶不已。

眾將士也發現，原來不是火頭軍們不堪一擊，而是天山的確難以攻下，便不好意思再嘲笑他們了。

由於時值嚴冬，征戰不易，李世勣決定先停戰，讓將士休養生息。

一日午後，剛睡醒的薛仁貴覺得精神不錯，走出營帳看到阿志和阿勇正在清洗鍋碗瓢盆，當他走近要去幫忙時，卻被他們的談話內容給嚇住了。

「何副將冒領我們頭兒攻破黑風關等戰功的事，你有沒有聽說？」刷著碗盤的阿志問。

「噓──小聲點！如果被張將軍或何副將發現我們知道這個祕密，是會沒命的。」阿勇放下手中的鍋子，趕緊起身四處張望，看見沒人注意到他們，才放下心來。但粗心的他並沒有發現薛仁貴正站在他身後

的蒸籠旁。

「少來了！這事幾乎全營的官兵們都知道，哪算什麼祕密！」阿志雖然說得理直氣壯，音量倒是降低了不少。

「幸好我們其他火頭軍立的功勞不大，張將軍和何副將不屑來搶，要不然來高麗征戰三年多了，卻連半點戰功也沒有，豈不是白來了。」

「就是說嘛！有那種專搶下屬功勞的上司，功勞還是別立得太大得好。」

「唉！我們頭兒要是知道他拚死拚活立下的天大戰績，都被他們輕輕鬆鬆冒領了，一定氣得吐血，甚至一命嗚呼。」

「那我們還是瞞著他，別讓他知道得好……」

突然，他們聽到身後傳來聲響，轉頭一看，赫然看到薛仁貴正口吐鮮血。大驚失色的他們趕緊上前扶住薛仁貴：「頭兒！頭兒……」

傷勢才剛好轉的薛仁貴，就這麼氣急攻心再次倒下了。

日子一天天過去，病倒在床的薛仁貴，精神一直恍恍惚惚的，時而清醒、時而昏迷。

一日，他又墜入渾沌的狀態。當他覺得自己一個

人處在無邊的黑暗孤寂，感到相當無助時，突然看見有道強光亮起，一個熟悉的娉婷身影，抱著還在襁褓中的孩子從強光中走來，停在他的身前問：「仁貴，你投軍前答應過我的事，你還記得嗎？」

「啊？我答應過妳什麼事？」

「你答應過我，你會切記在這個世上，你不是孤孤單單一個人，你是有妻有子的人。你答應過我，為了我和孩子，無論從軍的時間有多長，無論戰爭的殺伐有多危險，無論有沒有立下任何功績，你一定會……你想起來了嗎？」

薛仁貴專注凝視著那張熟悉的容顏，努力想啊想，再想啊想，突然大叫：「啊，我想起來了！我答應過妳，無論如何，我一定會活著回去的。」

「別再忘了！我和孩子等著你回來……」

看那眷念的容顏逐漸消失在強光中，薛仁貴立刻向前想要捉住她，不料卻撲了個空，他急得大聲叫喊：「銀環！」

忽然驚醒的他張開雙眼，瞪著營帳的頂端，過了

好一會兒，才想起自己身在何處。

「你醒了？」端著湯藥進來的周青，看到他已經清醒，便隨意問候。

薛仁貴一股腦兒的坐起，望著周青手中的湯藥，問：「我病多久了？」

「咦？你真的醒了！」見到薛仁貴雙眼清明，周青又驚又喜，連忙將手中的湯藥遞給他。「雖然你已經清醒了，還是需要再吃藥療傷，免得留下病根。」

「嗯。」薛仁貴一口氣將湯藥全部喝下，再將碗遞給周青。「謝謝你！」

周青接過碗，語帶不滿的說：「你忘了『大恩不言謝，是要以身相許』的嗎？竟然敢把已經許給我的身體搞得這麼糟！」

薛仁貴苦笑說：「我氣不過呀！」

「氣不過就這樣糟蹋自己？要是你真的把自己給氣死，豈不是讓對方過得更舒心快意？」周青早從阿志、阿勇口中得知前因後果。「我也氣不過呀！不過生氣傷身，倒楣的還是自己，還不如想想該怎麼回報對方吧！」

薛仁貴覺得周青說得有理，只是——

「他們是我們的上司，官大權大，我們要怎麼跟

他們鬥啊？」

「我們不跟他們鬥氣，只跟他們鬥『智』。」周青沉穩的說。

「什麼意思？」

「你箭射戴笠篷，破了黑風關；戟刺彭鐵豹，打下東海岸。這些都是眾官兵有目共睹的，就算張士貴和何宗憲能隻手遮天，卻堵不住眾人的嘴巴。當你的功勞越建越大、越建越多，知道你立下彪炳戰功的人也會越多，而這些事終有一天會傳到皇上那兒，畢竟紙是包不住火的啊！」

「嗯，你說得很有道理。」薛仁貴終於露出釋懷的笑容，衷心的說：「兄弟，謝謝你！」

「真要謝我，就趕快把你的身子養好吧！」

「嗯。」好友的真心關懷，讓薛仁貴倍感溫馨。

除此之外，薛仁貴心中還有一股支撐他的力量，那就是他的妻兒。每當他遇到挫折，情緒又跌到萬丈深淵時，他就會想起夢中的情景，提醒自己，他並不是孤單一人，他的妻兒正在家鄉等待著他，他一定要為妻兒好好保重自己。

從那天起，薛仁貴的身體痊癒得很快，就像逢春的大地，充滿了鬥志和生機。

雖然張士貴已言明不再讓火頭軍們上戰場，但薛仁貴和周青還是擠出時間來鍛鍊他們。而經歷過失敗洗禮的火頭軍們，更懂得「驕兵必敗」的道理，也學會了「謙虛」和「沉著」。

薛仁貴病癒及他又開始訓練火頭軍們的事，傳到了張士貴的耳裡。擔任開路先鋒的張士貴，實在不知該如何打下易守難攻的天山，可是李世勣又限定他三天內傳回捷報。萬不得已，他只好抱著「死馬當活馬醫」的心態，再次命令薛仁貴率領眾火頭軍出征，並要他們「只許成功，不許失敗」。

薛仁貴領了將令，率領火頭軍們到天山下，卻不急著往山上進攻，反而要大家下馬做稻草人。

「啊？」聽到薛仁貴的命令，火頭軍們都摸不著頭緒。

「頭兒，你的病真的好了嗎？」阿志懷疑薛仁貴又神智不清了。

面對大夥兒質疑的神情，薛仁貴覺得既好氣又好

第十五章　重整心情再出發

139

笑，說：「大家放心，我好了，而且好得不得了！」

「那——我們為什麼要做稻草人？」阿志提出大夥兒心中的疑問。

「孔明曾經『草船借箭』，我們就來個『草人破敵』。」

「喔——」這話太高深，火頭軍們還是沒聽懂，不過倒是遵照薛仁貴的指示，開始認真的做起稻草人。

天色漸漸暗了下來，他們將做好的稻草人穿上衣服，一個個綁在馬匹上。周青指揮火頭軍們敲起連天響的戰鼓，大聲叫戰，然後薛仁貴趕著數十匹載有稻草人的馬匹往山上衝。

沒多久，山上傳來撼動大地的轟隆隆聲響，眾人抬頭一看，果然看到一根根巨大的木頭滾落下來。

他們正為薛仁貴擔憂時，卻見他一馬當先的衝下山，身後跟著那些為了逃命而狂奔的馬兒，緊追在後的，是一根根巨大的滾木。這時，他們終於領悟薛仁貴所說的「草人破敵」是什麼意思，便一個個自願當趕馬的人。

於是，大夥兒開始分工合作，有的人綁稻草人，有的人敲戰鼓，有的人趕馬誘敵，有的人將擋在路口的巨木搬到兩旁堆成防護牆。

薛仁貴征東

在連續幾次誘敵之後，山上已無巨木滾落，反而是<u>天山</u>三王沉不住氣，率領番兵攻下山來。對此，火頭軍們早有準備，一見他們來到山下，立刻躲在巨木牆後展開「箭雨攻勢」。

<u>天山</u>三王發現中了埋伏，又氣又急，卻無可奈何，因為他們不知巨木牆後有多少<u>唐</u>軍，怕被強大兵力殲滅，只能一邊拚命擋住箭雨，一邊率領番兵退回山上。

火頭軍們看見番兵撤退，立刻想要去追趕，卻被<u>薛仁貴</u>制止。

「頭兒，我們為什麼不趁勝追擊？」一個火頭軍問。

「天色已暗，我們對山上的地形又不熟，盲目追上去容易誤入陷阱。」

火頭軍們聽了頻頻點頭贊同。

「那我們現在要做什麼？」

「好好休息，準備明日天亮前出擊！」

「是！」

第二天晨曦微露，大地仍一片昏暗，已經養精蓄銳的火頭軍們將稻草人綁在身上，然後衝上山去。

在光線不明的情況下，守夜的番兵以為火頭軍們又用稻草人來騙他們，所以並不在意，等發現情況不對時，已經來不及了。

當火頭軍們攻下<u>天山</u>時，旭日正東升，綻放萬丈光芒。

第十六章　驕矜自大蓋蘇文

　　攻下天山，使薛仁貴和火頭軍們恢復信心，也使張士貴對薛仁貴再次刮目相看。所以，接下來的戰役，張士貴都非常放心的讓薛仁貴運籌帷幄，派他和火頭軍們打前鋒，自己則在後頭坐享其成。

　　明知自己出生入死所立的汗馬功勞，都被張士貴和何宗憲給冒領了，但是薛仁貴仍然奮勇向前，只求對得起自己和同袍。短短一年的時間，他不只拿下了鳳凰城，還用計攻破了防守嚴密的汗馬城。他領兵攻城掠地，每戰皆捷，不僅讓將士們對他心悅誠服，也撼動了高麗的大元帥蓋蘇文。

　　蓋蘇文一向驕矜自大，目中無人。當他得知唐太宗領了三十萬大軍，不遠千里、飄洋過海來討伐他時，只是微微一笑，心想：「既然唐朝皇帝活得不耐煩，等不及我明年去討伐他，現在就親自上門來送死，那我就不用客氣了。」因此，他立刻下令，要手下這批悍將強兵好好送唐太宗和唐朝士兵們上西天。只是蓋蘇

文萬萬沒想到，那群他以為是將老兵弱的唐軍，竟然接二連三的攻破他許多城池；更令他詫異的是，帶頭的居然只是個穿白袍的小兵！

對於這個白袍小兵的表現，蓋蘇文心中思量：「一個來高麗征戰五年、屢建戰功的人，現在竟然還只是個小小的火頭軍，可見那自稱明君的唐朝皇帝也沒多英明。而那位穿白袍的小兵，明明自己拚死拚活立下的彪炳戰功一直未得到應有的獎賞與嘉勉，卻還肯繼續為唐朝衝鋒陷陣、出生入死，真不知該向他的剛毅正直致敬，還是該為他的愚忠掬一把同情的眼淚。但，有一件事是確定的，這種人不可能以重利勸誘他投降，只能……」在蓋蘇文的腦海中，已有給唐軍重重一擊的謀略了。

蓋蘇文望著攤開在桌上的高麗地圖，等著探子回報他所要的重要訊息。

他正等得不耐煩，一個番兵快步走進帥帳報告：「啟稟大元帥，探子回報，說那唐朝皇帝在五萬精兵戒護下，此刻正在鳳凰山遊山玩水！」

蓋蘇文聽了，輕蔑一笑，搖頭不屑的說：「哼！前方的將士在拚命，後方的統帥卻在玩樂——果然不出我所料啊！」

說到這兒，他收起笑容，兩眼炯亮的說：「傳令下去，立刻調足十萬兵馬，團團圍住鳳凰山，本帥要那唐朝皇帝插翅也難飛！」

　　「是！」

　　蓋蘇文唇角一勾，看著營帳外面灰白的天空說：「白袍小兵呀白袍小兵，本帥若捉了你們的皇帝，就算你打了再多的勝仗又有何用，還不是得乖乖投降。哈哈哈！」

　　鳳凰山位於鳳凰城南方四十里，山上除了景色優美外，並有一處叫鳳凰石的古蹟，唐太宗就是聽聞在這古蹟裡，不只有難得一見的鳳凰窩，甚至還有鳳凰蛋，才會冒險到此一遊。誰知，尋找了老半天，沒見著半顆鳳凰蛋，倒見山腳下番兵黑壓壓的一片，唐太宗這才知道自己已被包圍。

率領五萬精兵護駕的李世勣看見唐太宗面露驚慌，趕緊上前說：「陛下請放心，雖然我們被包圍，但番兵要衝上山來，也不是件容易的事。」

唐太宗環顧四周，覺得的確沒有立即的危險，稍微安下心來。

李世勣評估當前的情勢，判定要突圍不是一時半刻就辦得到的事，於是下令眾人在山上紮營防守，並將大樹砍下，準備當防衛用的滾木。

當大夥兒正忙碌時，前哨士兵卻緊急來報：「啟奏陛下，我軍守在山下的二萬將士已遭敵軍殲滅。那逆賊蓋蘇文還在山下叫陣，說我們的軍隊將老兵弱，絕不敢和他對陣，要我們趕快投降，乖乖獻上唐朝江山……」

眾將士聽到蓋蘇文輕蔑的話語，紛紛向唐太宗請命，想下山跟蓋蘇文一戰。

唐太宗望著這群情緒激昂的將領們，發現他們個個髮白鬚灰，年紀的確是大了些，而且己方兵力不足，貿然下山十分冒險。

「真的要派將士們下山應戰嗎？但是，這時候若不派兵，就表示我方勢力較弱，必會嚴重影響士氣。再說，朕領兵千里迢迢來高麗，就是為了討伐那蓋蘇

文，這時對方登門叫陣，我方怎麼可以臨陣退縮呢？」

在萬不得已的情況下，唐太宗決定派出平國公段志賢率領一萬精兵下山應戰。

怎知段志賢一下山，還沒和蓋蘇文正面交鋒，就陷入苦戰。唐太宗得到消息，立刻再派出六個將官率領一萬士兵下山援助。

然而這些將士們雖然有澎湃的雄心和鬥志，卻敵不過番兵番將的凶猛攻勢，最後死的死、傷的傷。唐太宗見情況不對，立刻鳴金收兵。

看見唐軍落荒而逃，蓋蘇文想趁勝追擊，捉住唐太宗，於是毫不猶豫的要將士們展開更猛烈的攻勢，一路攻上山去。

情況正當危急，李世勣趕緊使用滾木，才暫時逼退凶悍的番兵番將，解決了燃眉之急。

蓋蘇文見前方攻勢受挫並不以為意，命令全營將士在山下叫陣，要逼唐軍下山決一死戰。

唐太宗不敢再貿然出兵，只好不予理會。

蓋蘇文等不到唐軍應戰，再度命令全營將士繼續叫陣：「英明神勇的唐朝皇帝，你不是要來討伐我們高麗、討伐我們大元帥蓋蘇文嗎？幹嘛一直躲在山上當縮頭烏龜啊？害怕就趕緊投降，以免死無葬身之地

薛仁貴征東

啊！」

　　這話傳到唐太宗的耳裡，氣得他咬牙切齒；而一向自視甚高的唐朝將士們，聽了更是群情激憤，紛紛再次請命出戰。

　　袁天剛見大家快失去理智，連忙出面阻攔：「請陛下和眾將士保持沉著和冷靜，切勿中了激將法啊！」

　　袁天剛一語驚醒眾人，但要眾人將這股悶氣吞下，還真是萬分為難啊！

　　蓋蘇文見唐太宗和將士們繼續窩在山上不應戰，驕傲自滿的說：「什麼唐朝皇帝，什麼萬邦敬佩的天可汗，原來也不過如此！」

　　見夕陽即將西沉，蓋蘇文果決下令：「眾將士！」

　　「在！」

　　「準備用『草人破敵』的計策，明日天亮前出擊，一定得給我攻下鳳凰山！」

　　「是！」

　　望向山勢高峻的鳳凰山，蓋蘇文揚頭，輕蔑一笑，說：「哼！你們這些手下敗將想躲在山上當縮頭烏龜，也得看我蓋大元帥准不准。」

薛仁貴征東

 **應夢賢臣來解圍**

　　當唐太宗和眾將領正商議該由誰突圍去搬救兵時，前哨士兵緊急來報：「啟奏陛下，逆賊蓋蘇文所率領的數萬番兵在山下紮營，並且紮起稻草人來。屬下不知其用意，還請陛下聖裁。」

　　唐太宗和眾將領都想不透蓋蘇文叫屬下紮稻草人的用意。

　　袁天剛突然靈光一閃，立即上前說：「陛下，去年何宗憲副將曾用『草人破敵』的計策拿下地勢險峻的天山，我想，逆賊蓋蘇文似乎是想仿效他，用此計來攻打鳳凰山。」

　　唐太宗聽了，神情一變，嚴肅大喊：「吩咐下去，全軍戒備！」

　　「是！」

　　半夜，唐太宗被圍困在鳳凰山的消息，被張士貴軍營的探子探知回報，張士貴趕緊找女婿、兒子們漏

夜商議。

一聽到<u>唐太宗</u>被困的消息，<u>張志龍</u>竟然興奮叫著：「爹，這是我們封侯晉祿的好機會啊！」

「噓——小聲點，這種大逆不道的話要是讓他人聽見，到皇上面前參上一本，到時候別說是封侯晉祿，連我們的人頭都保不住啊！」

「是，爹教訓得是。」<u>張志龍</u>馬上收斂起來。

不過，<u>張志虎</u>卻支持<u>張志龍</u>的論點，說：「爹，大哥說的沒有錯。如果我們解決了皇上的危機，成了皇上的救命恩人，封侯晉祿絕對指日可待。」

沒想到<u>張士貴</u>卻皺起眉頭，說：「想要成為皇上的救命恩人，談何容易啊！那個<u>蓋蘇文</u>英勇善戰，屬下個個都是悍將強兵，連皇上身邊的精兵都不是他的對手，我們哪打得過啊！」

「爹，你忘了，我們還有<u>薛仁貴</u>和火頭軍們啊！」<u>張志彪</u>說。

「你以為他們是天兵神將，能戰無不克？」

<u>張志豹</u>說：「爹，管他們是不是天兵神將，反正他們打贏了，功勞是我們的；他們打輸了，丟的是他們的命，我們還得了個忠君護主的美名。因此，派<u>薛仁貴</u>和火頭軍們出征，無論戰果為何，對我們都有利

薛仁貴征東

啊！」

張士貴聽了，頻頻點頭，終於露出笑容，說：「嗯——的確是個好法子。好，就這麼辦！」

一拿定主意，張士貴立刻派人去傳喚薛仁貴。

薛仁貴一聽到唐太宗被困的消息，心急如焚，自動請命：「請將軍允許我率領十萬精兵，前去鳳凰山營救聖駕。」

「我也想調派十萬大軍給你，但軍營裡扣除老弱傷殘及留守的士兵，能夠調度的，只有三萬人……」

「三萬人就三萬人，救人如救火，片刻都不得耽擱，更何況要救的人是我們的皇上、我們的統帥！若皇上被蓋蘇文那個逆賊所捉，後果就不堪設想了。因此，還請將軍允許我調兵遣將，即刻出發。」

「准！」張士貴開心的答應。

薛仁貴領了軍令，整兵完畢，準備出發。這時，卻聽到周青說他要留下。

「為什麼？我們不是都一起行動的嗎？」薛仁貴萬分訝異的問。

「番兵有十萬，你卻只有三萬兵馬，只能趕去救急，卻

難以取勝。所以我決定留在這兒整頓老弱殘兵，希望來得及當你的援軍。」

「兄弟，你想得真周到。無論如何，我一定支撐到你來。」

「我們就這麼說定！」

薛仁貴和周青約定好後，立即率領三萬精兵趕赴鳳凰山。

天快亮的時候，十萬番兵已整裝待發。提刀上馬的蓋蘇文看得很滿意，正要下令發動攻擊，一傳令兵卻呼嘯奔馳而來。他不悅的問：「大軍出征在即，有什麼事值得你這麼匆匆忙忙的？」

「稟大元帥，北方三十里處有唐軍來犯，約三萬人，領頭的正是那白袍小兵。」

「喔──他來了？來得還挺快的嘛！」蓋蘇文原本不悅的臉露出興味來。「可惜呀，本帥目前沒空理會他。葛賢謨！」

「末將在。」身材魁梧的葛賢謨上前領命。

「你立刻率領五萬精兵攔截那白袍小兵，不許他來壞事！」

薛仁貴征東

「遵命！」葛賢謨馬上領兵，向北狂奔而去。

　　蓋蘇文未理會背後士兵離去時所揚起的漫天風沙，雙眸炯炯有神的望著眼前訓練有素的五萬精兵，說：「眾將士聽命！」

　　「喝！」

　　「全力往鳳凰山進攻！誰捉到唐朝皇帝，本帥除了讓他加官晉爵外，並允他一個心願！」

　　「喝──！」剎那間，將士們大聲呼喝。

　　看著將士們氣勢如虹，蓋蘇文露出得意的笑，心想：「唐朝皇帝你還想逃？難囉！」然後，他豪氣萬丈的大喊：「出發！」

　　「殺──！」

　　咚咚的戰鼓聲和著士兵的呼喝聲，形成磅礡的氣勢，向鳳凰山席捲而去。

　　連夜率領三萬精兵趕來救駕的薛仁貴，還來不及喘口氣，就看見葛賢謨率領五萬番兵鋪天蓋地而來，他立刻勒馬朗聲下令：「傳令下去，整軍備戰！」

　　薛仁貴知道番兵前來的目的，因此他力求速戰速決，以便趕去救駕。

　　舉起方天畫戟，薛仁貴大喝一聲，騎著戰馬衝入敵陣，奮勇殺敵。那摧堅陷陣的氣勢，彷彿是神勇的

戰神，嚇得番兵們魂飛魄散。

　　沒料到薛仁貴如此勇猛，葛賢謨不禁一愣，但征戰經驗豐富的他隨即回過神，除了下令眾番兵向前殺敵、殲滅唐軍外，還親自奔馳上前，迎戰薛仁貴。

　　兩軍交戰，剎那間，煙火彌天蓋地，分不清敵我的吵雜咆哮聲連天響著，四處飛濺的鮮血落地交錯，一具具斷臂殘肢的屍首，令人怵目驚心。

　　鳳凰山下的蓋蘇文，本以為用「草人破敵」加「人海戰術」，必能輕鬆攻下鳳凰山，捉住唐朝皇帝，結束這場歷經五、六年的漫長戰爭。沒想到，唐軍在滾木之後，還準備了滾石和竹箭，造成搶攻的番兵嚴重傷亡，士氣大挫。

　　他下令重整軍隊後，立刻和將領們研究其他的攻略對策。此時，一傳令兵緊急來報：「稟大元帥，北方戰役我軍折損過半，葛賢謨將軍雖然奮勇殺敵，卻不幸慘死在白袍小兵的戟下。我軍群龍無首，正節節敗退……」

　　「什麼！」蓋蘇文沒想到優勢的兵力竟然會敵不過屏弱的唐軍，更沒想到一向驍勇善戰的葛賢謨，竟然會成為白袍小兵的戟下亡魂。

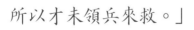

氣急敗壞的他露出猙獰的笑容，厲聲說：「白袍小兵啊白袍小兵，你老是讓我方損兵折將、城破地失，我這就去會會你，看你長得是什麼三頭六臂的模樣！」

蓋蘇文立刻重整軍隊，全力北攻，下定決心要讓那白袍小兵命喪黃泉。

鳳凰山上，唐軍雖然使用許多計謀，擋住了蓋蘇文一連串的攻勢，但強悍的番兵仍舊有不少人躲開滾木、滾石和竹箭的攻擊而攻上山來，造成唐軍折損慘重。因此，唐太宗和眾將士不禁擔心，要是蓋蘇文再次發動攻勢，他們可能就抵擋不住了。

疲累不堪又心急如焚的唐太宗，對各地將領到現在還沒領兵來救感到相當震怒。

袁天剛趕緊出面打圓場，說：「陛下請息怒，可能各地將領忙著攻城掠地，而不知陛下受困在鳳凰山，所以才未領兵來救。」

「朕困在鳳凰山已經一天一夜了，若

薛仁貴征東

各地將領到現在還沒得到消息，那各軍營的探子是做什麼用的？」

　　唐太宗的話令眾人啞口無言。身為征遼大元帥的李世勣自知責無旁貸，立刻自請處分：「陛下，這一切都是臣的錯……」

　　這時，一前哨士兵緊急來報：「啟奏陛下，鳳凰山下的番兵已全部撤離……」

　　「什麼！真的嗎？」唐太宗和眾大臣聽了驚喜萬分。

　　思慮縝密的袁天剛立刻提問：「逆賊蓋蘇文為何將番兵撤離？難道……是攻不上來，就想計誘我們下山，再來圍攻我們嗎？」

　　眾人面露憂色，但前哨士兵的回答讓他們安下心來。

　　「回袁大人，是北方有我軍來援救。屬下剛剛探知，今早逆賊蓋蘇文原本要率十萬大軍攻擊鳳凰山，後來因我方援軍出現，他才派葛賢謨率五萬番兵去攔截。沒想到葛賢謨戰死，番兵節節敗退，所以蓋蘇文親自出馬，率領重整的番兵去迎戰。」

　　唐太宗大喜，問：「可知是哪位將領率軍來救朕？」

「是張士貴將軍所屬的軍隊……」

「張士貴和何宗憲果然厲害，朕該好好賞賜他們。」

「啟奏陛下，據報，領軍連夜來援救的不是將領，而是個穿白袍的小兵。」

「穿白袍的小兵？」唐太宗和眾大臣聽了瞠目結舌，覺得不可思議。

唐太宗忽然想起那個夢，喃喃自語：「難道──是朕夢裡的賢臣來解圍？」

薛仁貴征東

第十八章　兩軍交戰屢遇險

　　薛仁貴刺死葛賢謨，逼得番兵不得不撤退之後，並沒有被一時的勝利沖昏頭，他打算先停下來，將軍隊重新整頓，才繼續往南前進。經過連夜趕路加上剛打完一場戰役，眾人早已筋疲力盡，但為了救聖駕，薛仁貴和眾唐軍都硬撐著沒有休息。

　　當薛仁貴準備繼續往南前進時，阿志卻快馬狂奔而來，大聲嚷嚷：「頭兒，不好了！前方探子來報，逆賊蓋蘇文領著五萬番兵往這兒攻來了！」

　　唐軍聽了個個面露驚慌，因為就算他們維持原有的三萬人，也很難打贏蓋蘇文的五萬番兵，更何況經過剛剛的戰役，死的死、傷的傷，能作戰的士兵剩不到一萬，加上他們個個筋疲力盡，根本無法對付蓋蘇文。

　　「五萬？」薛仁貴略加思索，問：「蓋蘇文留下多少番兵包圍鳳凰山？」

　　「據探子說，蓋蘇文對你殺死葛賢謨之事非常生

氣，似乎沒把你碎屍萬段絕不罷休，因此傾全力往這兒攻來，沒有留下任何番兵包圍鳳凰山。」

「這樣啊……」薛仁貴心知以目前的兵力和蓋蘇文的五萬番兵對抗，無異是螳臂擋車、以卵擊石，難有勝算。萬一他們太快就遭到番兵殲滅，蓋蘇文回頭再攻鳳凰山，皇上跟眾大臣根本就來不及逃離，那這次的救援不但徹底失敗，還會白白犧牲自己和三萬將士的性命。

「該怎麼做，才能解除皇上的危機呢？」薛仁貴自問。

他想了想，心生一計，招來火頭軍們和眾將領，說：「既然蓋蘇文傾全力來攻打我們，我們就假裝戰敗往北逃，引誘他遠離鳳凰山。這樣，不但皇上和眾大臣有充裕的時間脫困，我們也才有死裡逃生的機會。」

眾人覺得薛仁貴的話很有道理，紛紛依照他的計畫行動。

而氣極了的蓋蘇文，一心想殲滅薛仁貴，領著番兵迅速往北而來。

兩軍短兵相接，濃眉巨目、高頭大馬的蓋蘇文穿戴著紅盔紅甲，猛力揮舞著手上的單刀，刀落血噴，殺氣騰騰的，猶如從地府竄出的索命閻羅，讓唐軍個

薛仁貴征東

162

個看得心驚膽顫，忍不住落荒而逃，以免自己成了蓋蘇文刀下的亡魂。

轉眼唐軍已經潰不成軍，薛仁貴暗自喊糟，置身在腥風血雨、有如地獄的戰場中，他想起對妻子的承諾，無論戰況多危急，他一定會活著回去，但戰事詭譎多變，一旦上了戰場，就要有戰死的準備！而今日這樣的戰況，他恐怕守不住對妻子的承諾了……

一名年輕的副將被蓋蘇文的氣勢驚嚇得反應不過來，傻愣在原地，薛仁貴立刻出聲警告：「別發呆！」接著騎馬向前，用方天畫戟替他接下蓋蘇文的凌厲攻勢。

攻擊受挫的蓋蘇文，抬頭看了一眼薛仁貴，心想：「這個唐兵竟然能擋得住我的攻擊？唐朝居然有這樣的能人？」

蓋蘇文看此人雖然渾身沾滿血跡和塵土，倒還瞧得出他原本穿的是白袍。

咦——難道是他？那個害高麗損失慘重的白袍小兵？

「你是誰？」猛力揮刀的蓋蘇文問。

「火頭軍薛仁貴！」薛仁貴一邊吃力的以方天畫戟擋開蓋蘇文的招式，一邊回答。

「你知道我是誰嗎？」蓋蘇文又問，並且加重攻勢力道。

「知道，你是逆賊蓋蘇文！」縱然筋疲力盡、虎口劇痛，薛仁貴仍勉力硬撐。

「好，有膽識！」

幾招對打下來，蓋蘇文已經能夠確定眼前的人，正是那個讓他們接連嘗到敗仗滋味的白袍小兵。因此，他嘴上雖然誇讚薛仁貴，卻不曾手下留情，而是以刀刀斃命之勢猛力的向薛仁貴砍去，發誓要在這次對戰中將他除去，以絕後患。

若是精神百倍的薛仁貴，或許還能與蓋蘇文拚個勢均力敵，但早已疲累不堪的他，實在不是蓋蘇文的對手，好幾次差點被蓋蘇文的刀鋒劈成兩半。

看見薛仁貴連連擋下他的快刀，蓋蘇文朗聲大笑，說：「我欣賞你！你死後我會叫人幫你立墓碑的！」

「不用了！那墓碑你留著自己用吧！」

薛仁貴一邊戒護自己，一邊掃視四周，發現唐軍已經退得差不多，不想戰死沙場的他偷了個空隙，轉

身就逃。

　　蓋蘇文哪肯放過他，不僅緊追不放，還下令弓箭手放箭，要他命喪沙場。

　　薛仁貴只好邊戰邊逃，幾次都差點到枉死城報到。

　　火頭軍們見薛仁貴遇險，趕緊來救，讓薛仁貴稍有喘息的機會。

　　唐軍將士們本來只顧逃命，後來看見薛仁貴和火頭軍們奮勇抗敵，深受感動，紛紛舉起武器和番兵們打了起來。由於眾人抱著必死的決心，一時之間反而立於不敗之地。

　　當橘紅色的落日將天空染成火焰般豔麗時，北方傳來隆隆震耳的戰鼓聲，顫動著大地，也顫動了兩軍士兵的心。他們分神往北方望去，地平線上出現了飄揚成海的唐朝軍旗。唐軍面露喜色，大聲相告：「援軍來了！援軍終於來了！」

　　唐軍士氣大振，奮勇向前，大聲叫喊：「殺──」

　　相對於唐軍的驚喜，番兵們卻是一陣驚愕，唐軍如虹的士氣和身後龐大的援軍令他們心中暗暗叫苦，不知這場戰役該如何結束。

　　望著北方飄揚成海的唐朝軍旗越來越接近，蓋蘇文評估唐朝援軍約有六萬人；而經過一日的征戰，自

己的兵馬已折損大半，且已顯疲態，實在不適合再戰。但，白袍小兵薛仁貴就在眼前，只要再給他一些時間，他必能讓薛仁貴命喪黃泉；可是，依照唐朝援軍前進的速度來看，他現在是片刻也不能耽誤啊！

他恨恨的瞪視著不遠處的薛仁貴，心有不甘的咬著牙，說：「撤──」

當唐朝援軍到達，蓋蘇文已率領番兵們撤得不見蹤影。

由薛仁貴所率領的將士們，早已累得沒力氣追；而由周青所率領的援軍，則是根本沒有能力追，因為他們都是由老弱傷殘的士兵喬裝而成，只是用來嚇唬蓋蘇文罷了，根本無法征戰。

周青來到薛仁貴身邊，看著他一身血跡斑斑，問：「兄弟，你還好吧？」

「還好。謝謝你……」薛仁貴話還沒說完，就因疲累和流血過多而昏倒。

張士貴知道薛仁貴身受重傷，命令軍醫好好醫治他，自己和何宗憲則喜孜孜的到御營面聖。

一見到唐太宗，張士貴立刻說：「臣救駕來遲，讓陛下受驚，望陛下恕罪。」

「救朕的是你嗎？可是朕怎麼聽說，領兵來救朕

薛仁貴征東

的是個白袍小兵呢？」

張士貴渾身一震，卻馬上鎮定下來，回答：「陛下，領兵的是白袍小兵沒錯。」

唐太宗急著想見夢中的賢臣，立刻追問：「那白袍小兵現在身在何處？」

「就在這裡。那白袍小兵正是臣的女婿何宗憲。」

「白袍小兵是他？」唐太宗望著張士貴身後的何宗憲，問：「他是個副將，穿的是副將的軍服，怎麼會是小兵呢？」

張士貴將解除鳳凰山之危的經過，巨細靡遺的向唐太宗報告，只不過將薛仁貴和周青的名字，換成何宗憲和他自己，然後強調：「半夜裡，何副將原本已經就寢，得知陛下被困鳳凰山的消息，心急如焚，隨意抓了件袍子便穿上，然後急忙在夜裡率領三萬精兵前來救援，根本沒注意到自己穿著小兵的白袍。這一切都是他急著忠君護主的表現，還請陛下明察。」

雖然張士貴說得合情合理，但唐太宗還是覺得古怪，何況這兩天他還聽說先前領兵攻下黑風關等地的人，都是白袍小兵，何宗憲雖然愛穿白色戰袍，但已是副將的他，應不至於愛穿小兵的白袍吧？

「此事待朕查明後，必會給予適當的賞罰。你們

先退下吧！」

　　從御營離開後，<u>何宗憲</u>嚇得心裡直打鼓，擔憂的說：「陛下已經對我們起疑了。萬一他查出征東以來真正立功的人是<u>薛仁貴</u>，那犯了欺君之罪的我們，豈不是要人頭落地，甚至還會誅殺九族？」

　　<u>張士貴</u>狡詐的臉上，露出冷酷的神色，說：「讓<u>薛仁貴</u>從這世上消失，不就沒法子查證了。」

　　<u>何宗憲</u>樂得拍掌大笑，說：「此計妙啊！岳父，您真聰明，我真該和您多學學！」

薛仁貴征東

第十九章　真相大白除奸臣

鳳凰山一役造成唐軍和番兵都損失慘重，因此雙方都無力主動出擊，只能暫時停戰，休養生息。

從御營回來沒幾天，張士貴找了個機會，對臥病在床的薛仁貴說：「自鳳凰山一役後，你元氣大傷，短時間恐怕難以復原。聽說營區東方數十里處，有個叫天仙谷的地方，那兒有個溫泉極具療效，軍醫曾建議我讓你去那兒泡泡，對你的身子有好處。不如趁現在無戰事，你多去泡泡溫泉，早點將身子養好，好再為國效力。」

「謝謝將軍關心，屬下一定會找時間去的。」

「將軍，我們可不可以陪頭兒一起去？」火頭軍們問。

張士貴愣了一下，露出和藹的笑容，親切的說：「當然可以。你們長年征戰、奔波勞累，是該去放鬆一下。何況你們都是征東的大功臣，立下的戰功那麼多，等班師回朝後，你們加官晉爵絕對沒問題。」

「真的？謝謝將軍！」火頭軍們被誇得飄飄然。

張士貴一離開，周青便說：「我怎麼嗅到『黃鼠狼給雞拜年』的味道。」

薛仁貴和周青對視一眼，知道周青暗指張士貴不安好心眼，便說：「我們往後行事，可得更加謹慎小心！」

找了個風和日麗的日子，薛仁貴、周青和火頭軍們一起到天仙谷泡溫泉。

眾人邊泡邊聊，自投軍以來，他們從沒這麼輕鬆快樂過。

雖然溫泉裡的熱氣蒸得大夥兒昏昏欲睡，阿志和阿勇仍然樂得不想閉嘴。他們倆天南地北聊完後，忽然聊起天仙谷的地形。

阿志指著溫泉四周的環境，說：「這天仙谷的地形還真獨特，四面高山環繞，谷口又小。如果把谷口堵起來，外面的人就攻不進來了，真是個易守難攻的好地方。當初皇上要是被困在這兒，只要堵住谷口，就算蓋蘇文那逆賊領十萬大軍來攻，也絕對攻不進來。」

喜歡跟阿志抬槓的阿勇說：「那蓋蘇文也不是笨蛋，如果人攻不進來，他改用火攻不就得了。」

「用火攻？怎麼攻？」

「簡單。將硫磺、硝炭等容易引火的東西丟進來，再放火箭引燃，到時候整個山谷燒起來，谷口又堵住了，躲在裡面的人活得成嗎？還易守難攻的好地方咧！幸好皇上當初不是被困在這兒，要不然啊……」

阿勇隨意說的話，卻嚇得快入睡的薛仁貴突然瞪大眼，大喊：「大夥兒別泡了，快起來！」

「啊？」眾火頭軍雖然滿腹疑問，但看薛仁貴那麼驚慌，只好照他的話做。

但當眾人要起身時，才發現他們因為泡太久溫泉，全身鬆軟無力，站不起來，只能先坐臥在溫泉池旁。

阿勇較早恢復力氣，起身離開溫泉池去穿衣服，卻聞到空氣中飄浮著一股難聞的味道，他嗅了嗅，說：「咦？我好像聞到有東西燒焦的味道。」

阿志也恢復力氣了，他邊穿衣服邊糗他，說：「別鬧了！我們只是火頭軍，又不是什麼大人物，不會有人特地將我們困在這兒再用火攻啦！」

已經穿好衣服的周青覺得不對勁，立刻往谷口奔去。但才剛繞過山凹，他便愣住──眼前漫天火光，

而且谷口已經被巨石堵住了。跟隨在他身後的薛仁貴和火頭軍們，也被這景象驚得目瞪口呆。

阿志搖搖頭，嘆氣說：「阿勇，我真不知該說你是神算子，還是烏鴉嘴。」

「那個不重要啦！現在重要的是——頭兒，我們怎麼逃出去啊？」

薛仁貴想了一下，說：「大家四處找找看，看有沒有別的山路可以出去。」

然而找了老半天，結果卻是讓他們失望的。

見火勢越來越大，空氣越來越稀薄，大夥兒急得不得了，薛仁貴沉住氣說：「我們先躲到上風處，以免火還沒燒到這裡，我們就先被濃煙給嗆昏了。」

到了上風處，他們意外發現一條可以通到谷外的山路，因而逃過一劫。

死裡逃生的火頭軍們仔細一想，明白是張士貴故意陷害他們，所以他們已經不能再回軍營，可是一時之間又不知該往哪裡去，只好沿著山路，漫無目的的往前走。

走了幾天，火頭軍們來到了一個近海的地方，發現那裡有一間廢棄已久的空屋，便決定將它整修整修，當成暫時的棲身之處，再來慢慢打算往後的事。

薛仁貴征東

而陰險的張士貴在陷害薛仁貴等人後，向眾士兵宣稱：「火頭軍們私自離營，嚴重違反軍紀，捉到後以軍法處置，知情不報者視同共犯。」

　　全營士兵雖然覺得事有蹊蹺，卻不敢隨便議論。因此，儘管唐太宗派人來查，卻查不出個所以然，只好暫時作罷，派張士貴繼續率兵征戰。

　　匆匆過了數月，唐軍和番兵數度交戰，互有輸贏。唐太宗覺得渡海東征已經七年了，卻還不能殲滅敵人，心情不免鬱悶，於是決定上山打獵散散心。

　　一日，唐太宗率領一小隊御林軍到山上打獵，卻因追捕獵物而與御林軍走散。他急著想和御林軍會合，沒想到越走越偏，竟離御林軍越來越遠。

　　發現自己似乎已經走到山的另一頭了，唐太宗趕緊勒馬停住，就在他思考該往哪兒走時，卻看見右邊密林深處隱約有一小隊番兵正往他的方向過來，他立刻騎馬往左邊密林狂奔而去，但他的行蹤已經被那些番兵發現

薛仁貴征東

了。更糟糕的是，這一小隊番兵的統領，正是<u>高麗</u>大元帥<u>蓋蘇文</u>。

急著逃命的<u>唐太宗</u>在山中亂竄，卻始終甩不掉緊追在後的<u>蓋蘇文</u>。當他出了山凹，驚見眼前是一望無際的大海，而兩旁都是高山，不得不停了下來。

<u>蓋蘇文</u>在他身後冷冷的說：「<u>唐朝</u>皇帝，你已經無路可逃，乖乖束手就擒吧！」

「你作夢！」

「你敬酒不吃，想吃罰酒，就別怪我手下不留情！」

逼不得已，<u>唐太宗</u>揮動馬鞭，騎馬往沙灘奔去。他忽然覺得眼前的情況萬分熟悉，這才想起同樣的景象曾在夢中出現。

當馬的四蹄陷進泥沙裡跑不動，而<u>蓋蘇文</u>卻漸漸逼近，<u>唐太宗</u>急得不得了，高聲喊著：「朕夢中有白袍小將相救，現在呢？誰來救朕？」

這時，不遠處傳來聲響：「陛下別慌，我來救您了！」

一個穿戴白帽白袍、手拿方天畫戟的小兵，騎著白馬向沙灘狂奔而來。這景象跟夢中完全一樣，令<u>唐太宗</u>又驚又喜。

蓋蘇文憤怒的說：「薛仁貴，又是你來壞事！我今天絕不饒你！」

「你儘管放馬過來！」

雙方立刻打了起來。由於勢均力敵，所以打了幾十回合還分不出勝負。

忽然，山凹密林深處傳來達達的馬蹄聲，蓋蘇文以為是自己的屬下趕來了，勝券在握的他心裡一喜，手上的單刀舞得更加虎虎生風，讓薛仁貴擋得很吃力。沒想到，騎著高麗戰馬奔馳而來的卻是唐朝士兵，蓋蘇文嚇了一跳，攻勢也緩了下來。薛仁貴逮到機會，立刻加以反擊，換成蓋蘇文險象環生。

蓋蘇文心知無法取勝，趁著薛仁貴彎身閃刀時，左手一扯韁繩，策馬逃了，薛仁貴和趕到的火頭軍們沒有追擊，認為先護送唐太宗返回御營比較重要。回營途中，薛仁貴除了稟明張士貴和何宗憲冒領自己軍功的事外，也將自己和火頭軍們差點遭張士貴殺害的經過一同稟告唐太宗。

唐太宗得知事情真相後，非常生氣，一回到御營，立刻派人去逮捕張士貴和何宗憲。

張士貴得知東窗事發，大驚失色：「什麼！皇上已經知道真相了！」

何宗憲嚇得渾身發抖，問：「岳父，現在該怎麼辦？」

　　張士貴想了一下，說：「為了保住性命，乾脆一不做二不休，起兵造反，投靠蓋蘇文。」

　　何宗憲雖然覺得不妥，卻想不出其他良策，只好同意。

　　一聽到張士貴和何宗憲領兵造反，投靠敵營，唐太宗大怒，命令李世勣與薛仁貴率領十萬大軍，一起去平定。

　　由於張士貴意圖謀反，缺乏正當理由出兵，因此將士離心，戰事很快就被平定，張士貴等人則被五花大綁的送回帥營。

　　帥營中，李世勣將張士貴等人欺君謀逆之罪一條條詳細述說。因為罪證確鑿，張士貴等人無法狡辯，只好俯首認罪，當天就被處決了。

　　當眾人回到御營，唐太宗對薛仁貴和火頭軍們說：「朕一向賞罰分明，沒想到這次竟被張士貴、何宗憲矇蔽，讓眾愛卿受委屈了。眾愛卿所建的戰

功，朕已派人查明，今依各位所建的功勳論功行賞，命薛仁貴為將軍，周青為副將，統領張士貴的七萬大軍，其餘火頭軍也論功行賞。朕期許你們能上下一心，平定高麗，早日班師回朝。」

「謝主隆恩！臣等必竭盡所能，以不負陛下所託！」

第二十章　衣錦還鄉慶團圓

　　眾火頭軍中，除了薛仁貴、周青升官外，阿志、阿勇等人也升為校尉，大家欣喜若狂，笑得合不攏嘴。

　　升官的阿志得意洋洋的說：「我就知道我們大難不死，必有後福。」

　　其他火頭軍糗他：「少來了，你根本是『事後諸葛』！事情都發生了才發表意見。」

　　沒想到阿志不但不以為意，反而還沾沾自喜：「能和名軍師諸葛孔明沾上邊，也不錯啊！」

　　雖然大夥兒笑笑鬧鬧，心中的鬥志卻更加旺盛，期許自己能更上層樓。

　　而薛仁貴從小兵升為將軍的事，對唐朝將士起了大大的鼓舞作用，大家都想成為薛仁貴第二。因此，一上戰場，大家士氣如虹，奮勇殺敵，個個希望能立下彪炳戰功，獲得皇上提拔，他日好衣錦還鄉。

　　唐軍旺盛的戰鬥力，讓他們在三年內攻下許多城池，還攻下高麗的首都越虎城，嚇得高麗狼主退守駕

鸞山。

　　一日，李世勣向唐太宗說：「啟奏陛下，經過三年多的觀察，臣覺得薛將軍是個不可多得的將帥之才。為了早日平定高麗，班師回朝，臣願將帥印交給薛將軍。」

　　薛仁貴聽了嚇一跳，趕緊說：「啟奏陛下，臣領兵作戰經驗不多，難以與大元帥相比，實在無法接下此大任，還請陛下……」

　　唐太宗制止薛仁貴的發言，說：「雖然臨陣換帥是兵家大忌，但朕相信李愛卿的判斷和薛愛卿的能力。因此，朕同意李愛卿的建議，改由李愛卿輔佐、薛愛卿掌帥印吧！」

　　李世勣立刻說：「臣遵旨！」

　　見薛仁貴傻愣著不敢接旨，唐太宗又說：「薛愛卿，我們到東遼征戰已經十年多了，所有將士都思鄉心切，希望你能和李愛卿好好運籌帷幄，靈活調兵遣將，以便早日平定高麗，讓將士們可以盡快榮歸故鄉。」

　　唐太宗的話，讓薛仁貴想起在故鄉的妻子和未曾謀面的孩子，無限的思念令他決定接下這個重責大任。

　　「謝陛下和李元帥的賞識，臣必竭盡所能，鞠躬

薛仁貴征東

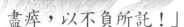

盡瘁，以不負所託！」

　　薛仁貴當上征遼大元帥後，除了有李世勣輔佐他外，他還奏請皇上讓周青當他的參謀，三人時常共商平遼大計。

　　之後，三人合作無間，打贏了不少戰役。薛仁貴每次出兵都覺得快平定高麗了，可惜老是缺臨門一腳，因為他們雖然和罪魁禍首蓋蘇文交戰多次，最後卻總是讓這隻老狐狸逃了，功虧一簣。

　　一日，三人一邊研究高麗地圖，一邊商議平遼大計。

　　周青說：「其實只要除掉蓋蘇文，就能結束這場漫長的戰役。因為高麗狼主一向膽小怕事，沒有蓋蘇文給他撐腰，他一定會馬上投降。」

　　薛仁貴點頭說：「的確如此。但這麼多次的交戰，每次總是快要逮到蓋蘇文了，卻又讓他狡猾的逃掉，真是令人扼腕啊！」

　　李世勣看了看高麗地圖，指著一處地形獨特的海灘，說：「這兒，接近大海的地方有一片密林，我們先在這裡埋伏一些重兵，然後再引誘蓋蘇文到海灘，前面是海，後無退路，讓他插翅也難飛。」

　　薛仁貴和周青頻頻點頭，心中讚嘆：「薑果然還是

老的辣。」

部署完畢後，薛仁貴依計行事，先是奮勇的與蓋蘇文力拚，再假裝受傷逃逸。而一心想要除掉薛仁貴的蓋蘇文，當然不會放過這難得的機會，立刻緊追不捨。等他發現情況有異，想回頭逃命時，已經來不及了，因為唐軍早將他團團圍住。

眼見局勢無法挽回，蓋蘇文狂傲的對薛仁貴說：「薛仁貴，我會失敗，不是因為你比我強，而是因為我太輕忽唐軍、太輕忽你的能耐了，所以我是敗在自己的手上。沒有人能打敗我蓋蘇文，唯有⋯⋯我自己！哈哈哈──」對天一陣狂笑後，蓋蘇文突然舉刀自刎，結束自己的生命。

得知蓋蘇文已死，膽小怕事的高麗狼主果然立刻投降。除了將所有征戰的罪過全推給蓋蘇文外，高麗狼主還承諾每年必派人到中原向唐朝皇帝朝貢，從此不敢再有侵犯中原的野心。

位於高麗國之東的伯濟國、新羅國和龜茲國，原本對兩國多年交戰採取觀望的態度，後來得知高麗狼主投降，趕緊派人向唐太宗表示歸順，並承諾每年會向唐朝朝貢。唐太宗對這樣的結果非常滿意，決定班師回朝，結束長達十二年的征東之行。

薛仁貴征東

唐太宗終於凱旋而歸，朝野上下欣喜若狂，舉國歡慶。

第二天早朝，唐太宗除了犒賞三軍、提拔有功的將士外，更加封戰功彪炳的薛仁貴為「平遼王」，掌管山西。

從無名小卒到位高權重的平遼王，薛仁貴心中有滿滿的成就感，恨不得立刻返鄉與妻兒分享。而令他開心的事還不只這一件，因為皇上不只封他為平遼王，還賜給他一座王府，並已派魯國公程咬金去絳州幫他督工建造了。

皇恩浩蕩，讓薛仁貴暗暗發誓：「我一定要盡忠職守，忠君護國！」

由於朝野上下都對薛仁貴感到好奇，紛紛邀請他去府邸作客，為人謙虛的薛仁貴不知該如何拒絕，不得不在京城多停留一些日子。當他好不容易離開京城，卻又在返回山西的途中，接二連三被各地的官員拜訪。薛仁貴怕被人批評他一登上高位就傲慢無禮，只好每個人都接見，因而更加減慢他返鄉的速度。等他終於踏上故鄉的土地，已經過了半年多，甚至連平遼王王府都建好了。

雖然程咬金多次派人告知王府已經建造完畢，催他趕緊上任，但他還是決定先回他的老家——丁山山腳下的破窯看一看。

來到破窯門口，薛仁貴的心撲通撲通的跳著，放眼望去，景物依舊，但他不禁想著：「可是人呢？會不會人事已非了呢？」畢竟他離開十二年了，只留柳銀環一個婦人帶著孩子過活，雖然有奶娘和王茂生夫婦幫忙照應，但世事難料啊！

跟著薛仁貴回來的，還有阿志和幾位火頭軍。唐太宗論功行賞時，阿志等人都升為總兵官。但已經習慣和薛仁貴共事的他們向唐太宗請願，希望在薛仁貴底下做事。唐太宗感念他們救駕有功，便答應他們的請求。於是，他們開心的收拾包袱跟著薛仁貴走。沒想到薛仁貴沒有帶他們去金碧輝煌的平遼王王府，卻帶他們來到這個毫不起眼的破窯。

阿志納悶的問：「頭兒，你不去平遼王王府就任，來這破窯做什麼？」

薛仁貴淡淡的回答：「回老家。」

「回老家？頭兒，

你老家是這破窯？」

　　看見薛仁貴點點頭，火頭軍們深深體會到什麼叫做「英雄不怕出身低」。

　　破窯外，有個小女孩正在收衣服，見到薛仁貴一行人，便停下手上的工作，問：「請問軍爺們來這兒有什麼事？」

　　薛仁貴見她年約十一、二歲，且容貌有些像柳銀環，心情立刻激動了起來。

　　「金蓮，妳在跟誰說話？」柳銀環從破窯裡走出來，看到薛仁貴一行人，便開口說：「請問軍爺——」

　　柳銀環定眼一瞧，看清楚薛仁貴的容貌，她先是一愣，接著瞬間淚眼婆娑，淚水不自主的流了下來。

　　「你——」

　　「銀環，是我，我回來了！」薛仁貴眼泛淚光，柔情的說。

　　「仁貴？」猶如在夢中的柳銀環再一次確認。當她見到薛仁貴點頭時，激動得淚水奔流，再三張口才說得出話來：「你終於回來了！」

　　「嗯，我終於回來了！」薛仁貴緊緊的抱住柳銀環，讓她知道不是在作夢。

　　「娘，他是——」

聽到女兒的聲音，回過神來的柳銀環，立刻不好意思的離開薛仁貴的懷抱；當她發現薛仁貴身後還站著數位望著他們傻笑的軍爺，不禁羞紅了臉。但太多的喜悅讓她顧不得羞怯，拉過女兒說：「金蓮，他是妳爹，快來拜見妳爹！」

　　薛金蓮雖然覺得眼前這個征戰十二年才回來的爹相當陌生，還是聽從娘的話，怯怯的喊了聲「爹」。

　　「我有女兒了！我當爹了！」薛仁貴興奮的說。

　　柳銀環一臉得意的說：「你不只有女兒，還有個兒子叫薛丁山呢！」

　　「咦？我記得當年我要去投軍時，妳才剛懷第一胎，怎麼──」薛仁貴疑惑的望著柳銀環，忽然他靈光一閃，脫口問：「妳生雙胞胎？」

　　見柳銀環點點頭，他由衷的說：「銀環，謝謝妳！辛苦妳了！」

　　柳銀環瞪著他，嬌羞的說：「你別疑東疑西就好了！」

　　薛仁貴連忙向柳銀環賠不是。

　　久別重逢，柳銀環哪裡捨得苛責他呢！在她眼裡，歷經十二年征戰的薛仁貴，膚色更加黝黑，人也變得成熟了，已經是一個頂天立地的大男人，看得她不由

薛仁貴征東

得笑了。

　　而且──他守住對她的承諾，活著回來，這比什麼都重要！

　　苦盡甘來的<u>薛仁貴</u>和<u>柳銀環</u>，更懂得感恩，更懂得惜福。

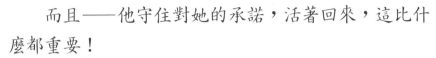

　　對於曾經善待他們的人，他們感激，並盡量回報；對於不善待他們的人，他們選擇原諒，過去的怨恨就讓它過去吧，何必耿耿於懷呢！

　　而讓<u>薛仁貴</u>和<u>柳銀環</u>感觸最多的，就是無論是在家徒四壁的破窯，或是富麗堂皇的<u>平遼王王府</u>，原來只要全家人平平安安、快快樂樂的在一起，就是一種幸福。

　　他們會好好珍惜這份幸福！

薛仁貴征東——能屈能伸

經過十多年的努力，薛仁貴終於完成征東大業。現在輪到你動動腦，回答下面的問題囉！

1.薛仁貴曾經因為遇到挫折而一蹶不振。你是否也曾遭遇過挫折？後來你是如何面對和處理的？

_____

_____

_____

_____

_____

_____

_____

2.你同意「靠山山倒，靠人人跑，靠自己最好」
這句話嗎？為什麼？

_____

_____

_____

_____

3.你心中的薛仁貴長什麼樣子呢？畫出來跟大家
分享一下吧！

另有其他學習單，可到三民網路書店下載

在經典故事中成長

一有圖、有料、有意思

🍶 導讀簡明，掌握故事緣起
🍶 內容生動，融合古典新意
🍶 插圖精美，呈現具體情境
🍶 經典新編，富含文學性質

全系列共三十冊

一生不可不讀的三十本經典

國家圖書館出版品預行編目資料

薛仁貴征東／陳佩萱編寫;杜曉西繪.－－初版二刷.
－－臺北市:三民,2021
面; 公分.－－(兒童文學叢書／小說新賞)

ISBN 978-957-14-5599-0 (平裝)

859.6   100025147

ⓈⒽ 小說 新 賞

薛仁貴征東

| 編 寫 者 | 陳佩萱 |
| 繪 者 | 杜曉西 |

發 行 人	劉振強
出 版 者	三民書局股份有限公司
地 址	臺北市復興北路 386 號 (復北門市)
	臺北市重慶南路一段 61 號 (重南門市)
電 話	(02)25006600
網 址	三民網路書店 https://www.sanmin.com.tw

出版日期	初版二刷 2021 年 5 月修正
書籍編號	S857600
I S B N	978-957-14-5599-0

三民書局